हिन्द पॉकेट बुक्स

हमारा राष्ट्रीय चिह्न

अशोक चक्र

बच्चों! हमारा राष्ट्रीय चिह्न अशोक चक्र है, जो सारनाथ स्थित महान सम्राट अशोक के स्तंभ से लिया गया है। यह पुस्तक अशोक चक्र के बारे में संपूर्ण जानकारी देने के लिए ही लिखी गई है, ताकि आप खेलने और खाने की उम्र में ही अशोक महान की तरह त्याग और बलिदान, वीरता और धीरता, सेवा और तपस्या के महान उदाहरण अपने में उतार सकें।

यह पुस्तक बहुत ही आसान भाषा में है और इसे रोचक ढंग से लिखा गया है, ताकि इसे याद करने में भी आसानी हो। इसके साथ ही इसमें आकर्षक चित्र भी दिए गए हैं और साथ ही आपकी परीक्षा के लिए प्रश्नोत्तरी, हल कीजिए और अपने ज्ञान की परीक्षा आप स्वयं कीजिए।

लेखक की अन्य पुस्तकें

- हमारे राष्ट्रीय खेल
- हमारा राष्ट्रीय पुष्प कमल
- हमारा राष्ट्रीय पक्षी मोर
- हमारा राष्ट्रीय गीत
- हमारी राष्ट्रीय संस्कृति वैदिक
- हमारा राष्ट्रीय फल आम
- हमारा राष्ट्रीय वृक्ष बरगद
- हमारी राष्ट्रीय जलचर डॉल्फिन
- हमारी राष्ट्रीय नदी गंगा
- हमारा राष्ट्रीय ग्रंथ गीता
- हमारे राष्ट्रीय पर्व और दिवस
- हमारे राष्ट्रीय स्मारक
- हमारा राष्ट्रीय ध्वज तिरंगा
- हमारे राष्ट्रीय विरासत स्थल
- हमारी राजभाषा हिन्दी
- हमारे नेशनल पार्क
- लोकप्रिय बाल गीत
- हमारे देशभक्ति गीत
- हमारे राष्ट्रीय गीत
- शहीदों के अमर गीत
- महाभारत की कहानियाँ
- पुराणों की कहानियाँ
- रामायण की कहानियाँ
- बेताल पचीसी, दो भागों में
- महापुरुषों का बचपन
- महाराणा प्रताप
- बहादुर बेटी मलाला

सुरुचिपूर्ण एवं प्रेरणादायक सचित्र जानकारियाँ

हमारा राष्ट्रीय चिह्न

अशोक चक्र

तेजपाल सिंह धामा

हिन्द पॉकेट बुक्स

पेंगुइन रैंडम हाउस इम्प्रिंट

हिन्द पॉकेट बुक्स

यूएसए | कनाडा | यूके | आयरलैंड | ऑस्ट्रेलिया | सिंगापुर
न्यू ज़ीलैंड | भारत | दक्षिण अफ्रीका | चीन

हिन्द पॉकेट बुक्स, पेंगुइन रैंडम हाउस ग्रुप ऑफ़ कम्पनीज़ का हिस्सा है,
जिसका पता global.penguinrandomhouse.com पर मिलेगा

पेंगुइन रैंडम हाउस इंडिया प्रा. लि.,
चौथी मंजिल, कैपिटल टावर -1, एम जी रोड,
गुड़गांव 122 002, हरियाणा, भारत

पेंगुइन
रैंडम हाउस
इंडिया

प्रथम हिन्दी संस्करण हिन्द पॉकेट बुक्स द्वारा 2014 में प्रकाशित
यह हिन्दी संस्करण हिन्द पॉकेट बुक्स में पेंगुइन रैंडम हाउस द्वारा 2022 में प्रकाशित

10 9 8 7 6 5 4 3 2

इस पुस्तक में व्यक्त विचार लेखक के अपने हैं, जिनका यथासंभव तथ्यात्मक सत्यापन किया गया है, और इस संबंध में प्रकाशक एवं सहयोगी प्रकाशक किसी भी रूप में उत्तरदायी नहीं हैं।

ISBN 9789353491369

मुद्रक : मणिपाल टेक्नॉलजीस् लिमिटेड, भारत

www.penguin.co.in

MIX
Paper | Supporting responsible forestry
FSC® C043100
FSC www.fsc.org

This is a legitimate digitally printed version of the book and therefore might not have certain extra finishing on the cover.

क्रम

हमारा राष्ट्रीय चिह्न

अशोक चक्र

सामान्य परिचय

बच्चो! अशोक चक्र हमारा राष्ट्रीय चिह्न है। हम आपको बता दें कि हमारे देश भारत का राजचिह्न सारनाथ स्थित अशोक के सिंह स्तंभ की अनुकृति है, जो सारनाथ के संग्रहालय में सुरक्षित है। मूल स्तंभ में शीर्ष पर चार सिंह हैं, जो एक-दूसरे की ओर पीठ किए हुए हैं। इसके नीचे घंटे के आकार के पद्‌म के ऊपर एक चित्र वल्लरी में एक हाथी, चौकड़ी भरता हुआ एक घोड़ा, एक सांड तथा एक सिंह की उभरी हुई मूर्तियाँ हैं, इसके बीच-बीच में चक्र बने हुए हैं। एक ही पत्थर को काट कर बनाए गए इस सिंह स्तंभ के ऊपर धर्मचक्र रखा हुआ है।

भारत सरकार ने यह चिह्न 26 जनवरी, 1950 को अपनाया। इसमें केवल तीन सिंह दिखाई पड़ते हैं, चौथा दिखाई नहीं देता। पट्टी के मध्य में उभरी हुई नक्काशी में चक्र है, जिसके दाईं ओर एक सांड और बाईं ओर एक घोड़ा है। दाएँ तथा बाएँ छोरों पर अन्य चक्रों के किनारे हैं। आधार का पद्‌म छोड़ दिया गया है। फलक के नीचे मुण्डकोपनिषद का सूत्र 'सत्यमेव जयते' देवनागरी लिपि में अंकित है, जिसका अर्थ है सत्य की ही विजय होती है।

सारनाथ में अशोक ने जो स्तम्भ बनवाया था, उसके शीर्ष भाग को सिंह चतुर्मुख कहते हैं। इस मूर्ति में चार भारतीय सिंह पीठ-से-पीठ सटाए खड़े हैं। अशोक स्तम्भ अब भी अपने मूल स्थान पर स्थित है, किन्तु उसका यह शीर्ष-भाग सारनाथ के संग्रहालय में रखा हुआ है। यह सिंह चतुर्मुख स्तम्भ शीर्ष ही भारत के राष्ट्रीय चिह्न के रूप में स्वीकार किया गया है। इसके आधार के मध्य भाग में स्थित धर्मचक्र को भारत के राष्ट्रीय ध्वज में बीच की सफेद पट्टी में रखा गया है।

बच्चो, अशोक चक्र हमारा राष्ट्रीय चिह्न है, इसलिए सबसे पहले हम अशोक के बारे में पढ़ेंगे कि उनके जीवन में ऐसी क्या घटना घटी कि उन्होंने राष्ट्रीय चिह्न अशोक चक्र का निर्माण कर धर्म का प्रचार-प्रसार किया। तो बच्चो चलो, आइए जानते हैं अशोक महान के बारे में।

राष्ट्रीय चिह्न के प्रणेता अशोक महान

अशोक अथवा असोक यह प्राचीन भारत में मौर्य राजवंश के राजा थे। इन्हें इतिहास में महान राजा की उपाधि प्राप्त है। वास्तव में वे थे भी महान शासक। अशोक का देवानाम्प्रिय एवं प्रियदर्शी आदि नामों से भी उल्लेख किया जाता है। उसके समय मौर्य राज्य उत्तर में हिन्दुकुश की श्रेणियों से लेकर दक्षिण में गोदावरी नदी के दक्षिण तथा मैसूर, कर्नाटक तक तथा पूर्व में बंगाल से पश्चिम में अफगानिस्तान तक पहुँच गया था। यह उस समय तक का सबसे बड़ा भारतीय साम्राज्य था। सम्राट अशोक को अपने विस्तृत साम्राज्य के बेहतर कुशल प्रशासन तथा बौद्ध धर्म के प्रचार के लिए जाना जाता है। जीवन के उत्तरार्ध में अशोक गौतम बुद्ध का भक्त हो गया और उन्हीं की स्मृति में उसने एक स्तम्भ खड़ा कर दिया जो आज भी नेपाल में उनके जन्मस्थल-लुम्बिनी में मायादेवी मन्दिर के पास अशोक स्तम्भ के रूप में देखा जा सकता है। उसने बौद्ध धर्म का प्रचार भारत के अलावा श्रीलंका, अफगानिस्तान, पश्चिम एशिया, मिस्र तथा यूनान में भी करवाया। अशोक के अभिलेखों में प्रजा के प्रति कल्याणकारी दृष्टिकोण की अभिव्यक्ति की गई है।

अशोक महान का शासक बनना

अशोक का भारत सम्राट बनना एक महान ऐतिहासिक घटना है। अशोक प्राचीन भारत के मौर्य सम्राट बिंदुसार का पुत्र था। जिसका जन्म लगभग

304 ई. पूर्व में माना जाता है। लंका की परम्परा में बिंदुसार की सोलह पटरानियों और 101 पुत्रों का उल्लेख है। पुत्रों में केवल तीन के नामोल्लेख हैं, वे हैं – सुसीम, जो सबसे बड़ा था, अशोक और तिष्य। तिष्य अशोक का सहोदर भाई और सबसे छोटा था। भाइयों के साथ गृह-युद्ध के बाद 272 ई. पूर्व अशोक को राजगद्दी मिली और 232 ई. पूर्व तक उसने शासन किया।

अशोक का प्रिय नाम देवानाम्प्रिय प्रियदर्शी

बच्चो! अशोक को देवानामूप्रियाह प्रियदर्शी के नाम से भी पुकारा जाता था। इसलिए चलिए तो इन शब्दों के अर्थ पर भी विचार किया जाए।

देवानामूप्रियाह (देवानाम्प्रिय) प्रियदर्शी इस वाक्यांश में बी.ए. स्मिथ के मतानुसार देवानामूप्रियाह आदरसूचक पद है और इसी अर्थ में हमने भी इसको लिया है, किंतु देवानामूप्रियाह शब्द (देव-प्रिय नहीं) पाणिनी के एक सूत्र के अनुसार अनादर का सूचक है। कात्यायन ने इसे अपवाद में रखा है। पतंजलि और यहाँ तक कि काशिका (650 ई.) भी इसे अपवाद ही मानते हैं। पर इन सबके उत्तरकालीन वैयाकरण भट्टोजिदीक्षित इसे अपवाद में नहीं रखते। वे इसका अनादरवाची अर्थ मूर्ख ही करते हैं। उनके मत से देवानामूप्रियाह ब्रह्मज्ञान से रहित उस पुरुष को कहते हैं, जो यज्ञ और पूजा से भगवान को प्रसन्न करने का यत्न करता है, जैसे – गाय दूध देकर मालिक को। इस प्रकार एक उपाधि जो नंदों, मौर्यों और शुंगों के युग में आदरवाची थी। उस महान राजा के प्रति ब्राह्मणों के दुराग्रह के कारण अनादर सूचक बन गई।

सम्राट अशोक के शासन की सीमा

बच्चो! अशोक एक महान राजा थे, इसलिए उसके राज्य की सीमा भी बड़ी विशाल थी। उन्होंने अपने बाहुबल से एक विशाल साम्राज्य का गठन

किया था। अशोक सीरिया के राजा एण्टियोकस द्वितीय और कुछ अन्य यवन राजाओं का समसामयिक था, जिनका उल्लेख शिलालेख संख्या 8 में है। इससे विदित होता है कि अशोक ने ईसा पूर्व तीसरी शताब्दी के उत्तरार्ध में राज्य किया, किंतु उसके राज्याभिषेक की सही तारीख का पता नहीं चलता है। अशोक ने 40 वर्ष राज्य किया। इसलिए राज्याभिषेक के समय वह युवक ही रहा होगा। अशोक के राज्यकाल के प्रारम्भिक 12 वर्षों का कोई सुनिश्चित विवरण उपलब्ध नहीं है। अपने राज्याभिषेक के नवें वर्ष तक अशोक ने मौर्य साम्राज्य की परम्परागत नीति का ही अनुसरण किया। अशोक ने देश के अन्दर साम्राज्य का विस्तार किया, किन्तु दूसरे देशों के साथ मैत्रीपूर्ण व्यवहार की नीति अपनाई।

अशोक सारे भारत का एकछत्र शासक बनना चाहता था, इसलिए उन्होंने दक्षिण भारत में भी अपना विजय अभियान चलाया। दक्षिण में मौर्य प्रभाव के प्रसार की जो प्रक्रिया चंद्रगुप्त मौर्य के काल में आरम्भ हुई, वह अशोक के नेतृत्व में और भी अधिक पुष्ट हुई। लगता है कि चंद्रगुप्त की सैनिक प्रसार की नीति ने वह स्थायी सफलता नहीं प्राप्त की, जो अशोक की धम्म विजय ने की थी। गावीमठ, ब्रह्मगिरि, मस्की, येर्रागुण्डी, जतिंग रामेश्वर आदि स्थलों पर स्थित अशोक के शिलालेख इसके प्रमाण हैं और फिर परिवर्ती कालीन साहित्य में, विशेष रूप से दक्षिण में अशोकराज की परम्परा काफी प्रचलित प्रतीत होती है। ह्वेनत्सांग ने तो चोल-पांड्य राज्यों में (जिन्हें स्वयं अशोक के शिलालेख 2 एवं 13 में सीमावर्ती प्रदेश बताया गया है) भी अशोक महान के द्वारा निर्मित अनेक स्तूपों का वर्णन किया है।

अशोक का ज्येष्ठ भाई सुसीम उस समय तक्षशिला का प्रांतपाल था। तक्षशिला में भारतीय-यूनानी मूल के बहुत लोग रहते थे। इससे वह क्षेत्र विद्रोह के लिए उपयुक्त था। सुसीम के अकुशल प्रशासन के कारण भी

उस क्षेत्र में विद्रोह पनप उठा। राजा बिन्दुसार ने सुसीम के कहने पर राजकुमार अशोक को विद्रोह के दमन के लिए वहाँ भेजा। अशोक के आने की खबर सुनकर ही विद्रोहियों ने उपद्रव खत्म कर दिया और विद्रोह बिना किसी युद्ध के खत्म हो गया। हालांकि यहां पर बगावत एक बार फिर अशोक के शासनकाल में हुई थी, पर इस बार उसे बलपूर्वक कुचल दिया गया।

अशोक की इस प्रसिद्धि से उसके भाई सुसीम को सिंहासन न मिलने का खतरा बढ़ गया। उसने सम्राट बिंदुसार को कहकर अशोक को निर्वासन में डाल दिया। अशोक कलिंग चला गया। वहाँ उसे मत्स्य कुमारी कौर्वकी से प्रेम हो गया। हाल में मिले साक्ष्यों के अनुसार बाद में अशोक ने उसे अपनी रानी बनाया था।

इसी बीच उज्जैन में विद्रोह हो गया। उसे सम्राट ने निर्वासन से बुला विद्रोह को दबाने के लिए भेज दिया। हालांकि उसके सेनापतियों ने विद्रोह को दबा दिया पर उसकी पहचान गुप्त ही रखी गई, क्योंकि मौर्यों द्वारा फैलाए गए गुप्तचर जाल से उसके बारे में पता चलने के बाद उसके भाई सुसीम द्वारा उसे मरवाए जाने का भय था। वह बौद्ध संन्यासियों के साथ रहा था। इसी दौरान उसे बौद्ध विधि-विधानों तथा शिक्षाओं का पता चला था। यहाँ पर एक सुन्दरी जिसका नाम देवी था, से उसे प्रेम हो गया जिसे उसने स्वस्थ्य होने के बाद विवाह कर लिया।

कुछ वर्षों के बाद सुसीम से तंग आ चुके लोगों ने अशोक को राजसिंहासन हथिया लेने के लिए प्रोत्साहित किया, क्योंकि सम्राट बिन्दुसार वृद्ध तथा रुग्ण हो चले थे। जब वह आश्रम में थे तब उनको यह खबर मिली की उनकी माँ को उनके सौतेले भाइयों ने मार डाला। तब उसने राजमहल में जाकर अपने सारे सौतेले भाइयों को मार डाला और सम्राट बन बैठा।

सत्ता संभालते ही अशोक ने पूर्व तथा पश्चिम दोनों दिशा में अपना साम्राज्य फैलाना शुरू किया। उसने आधुनिक असम से ईरान की सीमा तक साम्राज्य केवल आठ वर्षों में विस्तृत कर लिया।

अशोक का कलिंग अभियान और हृदय परिवर्तन

बच्चो! महान अशोक का कलिंग अभियान ही वह कर्म था, जिसके कारण उन्हें महान की उपाधि मिली। यदि उनके जीवन में कलिंग का युद्ध न हुआ होता, तो आज हम शायद अशोक महान के नाम से भी अवगत न होते।

260 ई. पू. में अशोक ने कलिंग पर आक्रमण किया, उसे पूरी तरह कुचलकर रख दिया। मौर्य सम्राट के शब्दों में, 'इस लड़ाई के कारण 1,50,000 आदमी विस्थापित हो गए, 1,00,000 व्यक्ति मारे गए और इससे कई गुना नष्ट हो गए...।' युद्ध की विनाशलीला ने सम्राट को शोकाकुल बना दिया और वह प्रायश्चित्त करने के प्रयत्न में बौद्ध विचारधारा की ओर आकर्षित हुआ।

बौद्ध धर्म स्वीकार करने के बाद उसने उसको अपने जीवन में उतारने की कोशिश भी की। उसने शिकार तथा पशु-हत्या करना छोड़ दिया। उसने ब्राह्मणों, बौद्धों व अन्य सम्प्रदायों के संन्यासियों को खुलकर दान दिया। जनकल्याण के लिए उसने चिकित्सालय, पाठशाला तथा सड़कों आदि का निर्माण करवाया।

बौद्ध धर्म का प्रचार

बच्चो! हृदय परिवर्तन के बाद अशोक ने बौद्ध धर्म का प्रचार-प्रसार करके धर्म एवं संस्कृति का महान उत्थान किया और तत्कालीन समाज को रहने योग्य बनाया। अशोक महान ने बौद्ध धर्म के प्रचार के लिए अपने धर्म प्रचारक नेपाल, श्रीलंका, अफगानिस्तान, सीरिया, मिस्र तथा यूनान तक

भेजे। उसने इस काम के लिए अपने पुत्र और पुत्री को यात्राओं पर भेजा था। अशोक के धर्म प्रचारकों में सबसे ज्यादा सफलता उसके पुत्र महेन्द्र को मिली। महेन्द्र ने श्रीलंका के राजा तिस्स को बौद्ध धर्म में दीक्षित किया, जिसने बौद्ध धर्म को अपना राज धर्म बना दिया। अशोक से प्रेरित होकर उसने अपनी उपाधि देवनाम्प्रिय रख लिया।

सम्राट का आदेश था कि प्रजा के साथ पुत्रवत् व्यवहार हो, जनता को प्यार किया जाए, अकारण लोगों को कारावास का दंड़ तथा यातना न दी जाए। जनता के साथ न्याय किया जाना चाहिए। सीमांत जातियों को आश्वासन दिया गया कि उन्हें सम्राट से कोई भय नहीं करना चाहिए। उन्हें राजा के साथ व्यवहार करने से सुख ही मिलेगा, कष्ट नहीं। राजा यथाशक्ति उन्हें क्षमा करेगा, वे धम्म का पालन करें। यहाँ पर उन्हें सुख मिलेगा और मृत्यु के बाद स्वर्ग।

यहां एक बात और उल्लेखनीय है कि अशोक बौद्ध धर्म अपनाने से पहले वेदों का अनुयायी था। महावंश के अनुसार वह प्रतिदिन 60,000 ब्राह्मणों को भोजन दिया करता था और अनेक देवी-देवताओं की पूजा किया करता था। कल्हण की राजतरंगिणी के अनुसार, अशोक के इष्ट देव शिव थे। पशुबलि में उसे कोई हिचक नहीं थी, किन्तु अपने पूर्वजों की तरह वह जिज्ञासु भी था। मौर्य राज्य सभा में सभी धर्मों के विद्वान भाग लेते थे। जैसे – ब्राह्मण, दार्शनिक, निग्रंथ, आजीवक, बौद्ध तथा यूनानी दार्शनिक। दीपवंश के अनुसार अशोक अपनी धार्मिक जिज्ञासा शांत करने के लिए विभिन्न सिद्धांतों के व्याख्याताओं को राज्यसभा में बुलाता था। उन्हें उपहार देकर सम्मानित करता था और साथ ही स्वयं भी विचारार्थ अनेक सवाल प्रस्तावित करता था। वह यह जानना चाहता था कि धर्म के किन ग्रंथों में सत्य है। उसे अपने सवालों के जो उत्तर मिले उनसे वह संतुष्ट नहीं था। हिंसा से घृणा के बाद उन्होंने बौद्ध धर्म अपनाया।

संसार के इतिहास में अशोक इसलिए विख्यात है कि उसने निरन्तर मानव की नैतिक उन्नति के लिए प्रयास किया। जिन सिद्धांतों के पालन से यह नैतिक उत्थान सम्भव था, अशोक के लेखों में उन्हें धम्म कहा गया है। दूसरे तथा सातवें स्तंभ-लेखों में अशोक ने धम्म की व्याख्या इस प्रकार की है, 'धम्म है साधुता, बहुत से कल्याणकारी अच्छे कार्य करना, पाप रहित होना, मृदुता, दूसरों के प्रति व्यवहार में मधुरता, दया-दान तथा शुचिता।' आगे कहा गया है कि, 'प्राणियों का वध न करना, जीव-हिंसा न करना, माता-पिता तथा बड़ों की आज्ञा मानना, गुरुजनों के प्रति आदर, मित्र, परिचितों, सम्बन्धियों, ब्राह्मण तथा श्रवणों के प्रति दानशीलता तथा उचित व्यवहार और दास तथा भृत्यों के प्रति उचित व्यवहार।'

पूर्व में बंगाल तक मौर्य साम्राज्य के विस्तृत होने की पुष्टि महास्थान शिलालेख से होती है। यह अभिलेख ब्राह्मी लिपि में है और मौर्य काल का माना जाता है। महावंश के अनुसार अशोक अपने पुत्र को विदा करने के लिए ताम्रलिप्ति तक आया था। ह्वेनत्सांग को भी ताम्रलिप्ति, कर्णसुवर्ण, समतट, पूर्वी बंगाल तथा पुण्ड्रवर्धन में अशोक के स्तूप देखने को मिले थे। दिव्यावदान में कहा गया है कि अशोक के समय तक बंगाल मगध साम्राज्य का ही एक अंग था। आसाम कदाचित् मौर्य साम्राज्य से बाहर था।

कहा जाता है कि अशोक ने एक हजार स्तूपों का निर्माण कराया था, जिनमें से भिलसा के एक स्तूप को छोड़कर शेष सभी नष्ट हो गए हैं। उसका राजप्रासाद, जिसे फाहियान ने चौथी शताब्दी में देखा था, सातवीं शताब्दी में ह्वेनत्सांग की यात्रा के समय तक नष्ट हो गया था। अशोक का राजप्रासाद इतना भव्य था कि उसे देखकर यह समझा था कि उसको अशोक के लिए देवों ने तैयार किया होगा। उसके कुछ प्रस्तर स्तम्भों पर इतनी सुंदर पॉलिश है कि शताब्दियाँ बीत जाने पर भी खराब नहीं हुई है।

ललित कला और स्थापत्य कला के पारखी उनकी बहुत प्रशंसा करते हैं। दूर-दूर तक फैले ये प्रस्तर स्तम्भ एक ही चट्टान से काट कर बनाए गए थे और भारतीय शिल्प के अनुपम उदाहरण हैं। उनको देखने से मालूम होता है कि उस समय पत्थर पर पॉलिश करने की कला अत्यंत उन्नत थी और आधुनिक युग में यह कला विलुप्त हो गई है।

धम्म प्रचार एवं धम्म विजय के संदर्भ में अशोक के शिलालेखों में कुछ ऐसे विवरण भी मिलते हैं, जिनमें उसके एवं विदेशों के पारस्परिक सम्बन्धों का आभास मिलता है। ये सम्बन्ध कूटनीति एवं भौगोलिक सान्निध्य के हितों पर आधारित थे। अशोक ने जो सम्पर्क स्थापित किए वे अधिकांशतः दक्षिण एवं पश्चिम क्षेत्रों में थे और धम्म मिशनों के माध्यम से स्थापित किए थे। इन मिशनों की तुलना आधुनिक सद्भावना मिशनों से की जा सकती है। अशोक के ये मिशन स्थायी तौर पर विदेशों में एक आश्चर्यजनक तथ्य हैं कि स्तंभ अभिलेख नं. 7, जो अशोक के काल की आखिरी घोषणा मानी जाती है, ताम्रपर्ण, श्रीलंका के अतिरिक्त और किसी विदेशी शक्ति का उल्लेख नहीं करती। शायद विदेशों में अशोक को उतनी सफलता नहीं मिली, जितनी साम्राज्य के भीतर। फिर भी इतना कहा जा सकता है कि विदेशों से सम्पर्क के जो द्वार सिकन्दर के आक्रमण के पश्चात खुले थे, वे अब और अधिक चौड़े हो गए।

इस बात का विवरण नहीं मिलता है कि अशोक के कर्मठ जीवन का अंत कब, कैसे और कहाँ हुआ। तिब्बती परम्परा के अनुसार उसका देहावसान तक्षशिला में हुआ। उसके एक शिलालेख के अनुसार अशोक का अंतिम कार्य भिक्षुसंघ में फूट डालने की निंदा करना था। सम्भवतः यह घटना बौद्धों की तीसरी संगति के बाद की है। सिंहली इतिहास ग्रंथों के अनुसार तीसरी संगीति अशोक के राज्यकाल में पाटलिपुत्र में हुई थी। 40 वर्ष तक राज्य करने के बाद लगभग ई. पू. 232 में

अशोक की मृत्यु हुई। उसके बाद लगभग 50 वर्ष तक अशोक के अनेक उत्तराधिकारियों ने शासन किया, किन्तु इन मौर्य शासकों के सम्बन्ध में हमारा ज्ञान अपर्याप्त तथा अनिश्चित है। पुराण, बौद्ध तथा जैन अनुश्रुतियों में इन उत्तराधिकारियों के नामों की जो सूचियाँ दी गई हैं, वे एक-दूसरे से मेल नहीं खाती हैं।

पुराणों के अनुसार अशोक के बाद कुणाल गद्दी पर बैठा। दिव्यावदान में उसे धर्मविवर्धन कहा गया है। धर्मविवर्धन सम्भवतः उसका विरुद्ध था, किन्तु अशोक के और भी पुत्र थे।

पुराणों तथा नागार्जुनी पहाड़ियों की गुफाओं के शिलालेख के अनुसार दशरथ कुणाल का पुत्र था। नागार्जुनी गुफाओं को दशरथ ने आजीविकों को दान में दिया था। इन प्रमाणों के आधार पर यह मत प्रस्तुत किया गया कि मगध साम्राज्य दो भागों में विभक्त हो गया। दशरथ का अधिकार साम्राज्य के पूर्वी भाग में तथा संप्रति का पश्चिमी भाग में था।

विष्णु पुराण तथा गार्गी संहिता के अनुसार संप्रति तथा दशरथ के बाद उल्लेखनीय मौर्य शासक सालिसुक था। उसे संप्रति का पुत्र बृहस्पति भी माना जा सकता है।

पुराणों में ही नहीं वरन् हर्षचरित में भी मगध के अन्तिम सम्राट का नाम बृहद्रथ दिया गया है। इनके अनुसार मौर्य वंश के अन्तिम सम्राट बृहद्रथ की, उसके सेनापति पुष्यमित्र ने हत्या कर दी और स्वयं सिंहासन पर आरूढ़ हो गया। अशोक की नीति अहिंसा की रही, लेकिन कालांतर में अहिंसा की नीति का लाभ उठाकर विदेशी आक्रांताओं ने भारत पर बार-बार आक्रमण भी किए।

अशोक महान के कुछ प्राप्त शिलालेख

बच्चो! अशोक महान ने अच्छी बातों से लोगों को अवगत कराने के लिए देश-विदेश में अनेक शिलालेख खुदवाए, जिनमें से आज भी कुछ हमें प्राप्त हैं और हम उनसे मार्गदर्शन ले सकते हैं।

महान अशोक द्वारा प्रवर्तित कुल 33 अभिलेख प्राप्त हुए हैं, जिन्हें अशोक ने स्तंभों, चट्टानों और गुफाओं की दीवारों में अपने 269 ईसा पूर्व से 231 ईसा पूर्व चलने वाले शासनकाल में खुदवाए। ये आधुनिक बांग्लादेश, भारत, अफगानिस्तान, पाकिस्तान और नेपाल में जगह-जगह पर मिलते हैं और बौद्ध धर्म के अस्तित्व के सबसे प्राचीन प्रमाणों में से हैं।

इन शिलालेखों के अनुसार अशोक के बौद्ध धर्म फैलाने के प्रयास भूमध्य सागर के क्षेत्र तक सक्रिय थे और सम्राट मिस्र और यूनान तक की राजनीतिक परिस्थितियों से भली-भाँति परिचित थे। इनमें बौद्ध धर्म की बारीकियों पर जोर कम और मनुष्यों को आदर्श जीवन जीने की सीख अधिक मिलती हैं। पूर्वी क्षेत्रों में यह आदेश प्राचीन मगधी भाषा में ब्राह्मी लिपि के प्रयोग से लिखे गए थे। पश्चिमी क्षेत्रों के शिलालेखों में भाषा संस्कृत से मिलती-जुलती है और खरोष्ठी लिपि का प्रयोग किया गया। एक शिलालेख में यूनानी भाषा प्रयोग की गई है, जबकि एक अन्य में यूनानी और अरामाई भाषा में द्विभाषीय आदेश दर्ज है। इन शिलालेखों में सम्राट अपने आप को प्रियदर्शी (प्राकृत में पियदस्सी) और देवानाम्‌प्रिय (यानी देवों को प्रिय, प्राकृत में देवानाम्‌प्रिय) की उपाधि से बुलाते हैं।

सम्राट बताते हैं कि कलिंग को 264 ईसा पूर्व में पराजित करने के बाद उन्होंने पछतावे में बौद्ध धर्म अपनाया।

देवों के प्रिय सम्राट प्रियदर्शी ने अपने राज्याभिषेक के आठ वर्ष बाद कलिंगों को पराजित किया। डेढ़ लाख लोगों को निर्वासित (बेघर) किया, एक लाख मारे गए और अन्य कारणों से और बहुत से मारे गए। कलिंगों को अधीन करके देवों-के-प्रिय को धर्म की ओर खिंचाव हुआ, धर्म और धर्म-शिक्षा से प्रेम हुआ। अब देवों-के-प्रिय को कलिंगों को परास्त करने का गहरा पछतावा है। (शिलालेख संख्या 13)

बौद्ध बनाने के बाद अशोक ने भारत-भर में बौद्ध धार्मिक स्थलों पर यात्रा की और उन स्थानों पर अकसर शिलालेख वाले स्तम्भ लगवाए।

अपने राज्याभिषेक के बीस वर्ष बाद, देवों के प्रिय सम्राट प्रियदर्शी इस स्थान पर आए और पूजा की, क्योंकि यहाँ शाक्यमुनि बुद्ध पैदा हुए थे। उन्होंने एक पत्थर की मूर्ति और एक स्तम्भ स्थापित करवाया और क्योंकि यह भगवान का जन्मस्थान है, लुम्बिनी के गाँव को लगान से छूट दी गई और फसल का केवल आठवाँ हिस्सा देना पड़ा। (छोटा स्तम्भ, शिलालेख संख्या 1)

देश-विदेश में धर्मप्रचार

बच्चो! अशोक ने भारतीयों का जीवन तो संवारा ही विदेशियों का भी मार्गदर्शन करके भारतीय परम्परा को बखूबी निभाया। यह हमारे लिए आज भी गर्व और गौरव की बात है।

बौद्ध धर्म फैलाने के लिए अशोक ने भारत के सभी लोगों में और यूनानी राजाओं को भूमध्य सागर तक दूत भेजे। उनके स्तंभों पर उनके यूनान से उत्तर अफ्रीका तक के बहुत से समकालीन यूनानी शासकों के सही नाम लिखे हैं, जिस से ज्ञात होता है कि वे भारत से हजारों मील दूर की राजनैतिक परिस्थितियों पर नजर रखे हुए थे।

यूनानी नरेश अम्तियोको (अन्तियोकस) का राज है और उस से आगे जहाँ चार तुरामाए (टॉलमी), अम्तिकिनी (अन्तिगोनस), माका (मागस) और

अलिकसुदारो (अलेग्जेंडर) नामक राजा शासन करते हैं और उसी तरह दक्षिण में चोल, पांड्य और ताम्रपर्णी (श्रीलंका) तक। (शिलालेख संख्या 13)। हर योजन लगभग सात मील होता है, इसलिए 600 योजन का अर्थ लगभग 4,000 मील है, जो भारत के केंद्र से लगभग यूनान के केंद्र की दूरी है। यूनानी स्रोतों से साफ ज्ञात नहीं होता की यह दूत इन राजाओं से वास्तव में मिले भी की नहीं और यूनानी क्षेत्र में इनका क्या प्रभाव हुआ। फिर भी, कुछ विद्वानों ने यूनानी क्षेत्रों में बौद्ध समुदाय की मौजूदगी (विशेषकर आधुनिक मिस्र में स्थित अल-इस्कंदरिया में) को अशोक के धर्म-दूतों की कुछ मात्रा में सफलता का संकेत माना है। सिकंदरिया के क्लॅमॅन्त (Clement of AleÛandria, अनुमानित 150 ई. 215 ई.) ने अपनी लेखनी में इनका जिक्र किया। अल-इस्कंदरिया में टॉलमी काल की बौद्ध समाधियों पर धर्मचक्र-धारी शिलाएँ मिली हैं।

स्वदेश में धर्मप्रचार की बात करें, तो अपनी शिलालेखों में सम्राट ने कई समुदायों का जिक्र भी किया, जो उनके राज्य की सीमाओं के अन्दर रहते थे।

यहाँ सम्राट के राज्य में यूनानी, कम्बोज, नाभक, नाभ्पंकित, भोज, पितिनिक, आंध्र और पुलिंद, सभी लोग देवों-के-प्रिय के धर्मनिर्देश का पालन कर रहे हैं। (शिलालेख संख्या 13)

बहुत से यूनानी मूल के और यूनानी संस्कृति से प्रभावित लोग मौर्य राज्य के उत्तर-पश्चिमी इलाके में बसे हुए थे, जिसमें आधुनिक पाकिस्तान का खैबर-पख्तूनख्वा प्रांत और दक्षिणी अफगानिस्तान आते हैं। इनकी कुछ रीति-रिवाजों पर भी शिलालेख में टिप्पणी मिलती है।

कोई देश ऐसा नहीं है, यूनान को छोड़कर, जिनमें ब्राह्मण और श्रमण (बौद्ध भिक्षु) दोनों ही न मिलते हों, न ही ऐसा कोई देश है, जहाँ लोग एक या दूसरे धर्म के अनुयायी न हों। (शिलालेख संख्या 13)

अशोक के दो आदेश अफगानिस्तान में मिले हैं, जिनमें यूनानी भाषा में लिखा हुआ है और जिनमें से एक यूनानी और अरामाई में द्विभाषीय है। कंदहार (कंधार) में मिला यह द्विभाषीय शिलालेख धर्म शब्द का अनुवाद यूनानी के युसेबेइया शब्द में करता है, जिसका अर्थ निष्ठा भी निकलता है।

दस साल का राज पूर्ण होने पर, सम्राट पियोदासॅस (प्रियदर्शी का यूनानी रूपांतरण) ने पुरुषों को युसेबेइया (धर्म-धनिष्ठा) का ज्ञान दिया और इस क्षण से पुरुषों को अधिक धार्मिक बनाया और पूरे संसार में समृद्धि फैलाई। सम्राट जीवित प्राणियों को मारने से स्वयं को रोकता है और अन्य पुरुष को सम्राट के शिकारी और मछुआरे हैं, वह भी शिकार नहीं करते। अगर कुछ पुरुष असंयम हैं, तो वह यथाशक्ति अपने असंयम को रोकते हैं और अपने माता-पिता और बड़ों की प्रति आज्ञाकारी हैं, जो भविष्य में भी होगा और जो भूतकाल से विपरीत है और जैसा हर समय करने से वे बेहतर और अधिक सुखी जीवन जिएंगे।

अशोक महान सभी लोगों को एक समान दृष्टि से देखते थे, उनकी दृष्टि में कोई छोटा-बड़ा या ऊँचा-नीचा नहीं था। वे हर समुदाय को अपने पुत्रवत् की भांति अच्छी शिक्षा देकर उन्नत बनाते थे। कम्बोज या कम्बोह एक मध्य एशिया से आया समुदाय था जो पहले तो दक्षिणी अफगानिस्तान और फिर सिंध, पंजाब और गुजरात के क्षेत्रों में आ बसे। आधुनिक युग में इस समुदाय के लोग पंजाबियों में मिला करते हैं और इस्लाम, हिन्दू धर्म और सिख धर्म के अनुयायियों में बंटे हुए हैं। नाभक, नाभ्पंकित, भोज, पितिनिक, आंध्र और पुलिंद अशोक के राज्य में बसी हुई अन्य जातियाँ थीं। अशोक के राज में सभी लोग सुखी ओर संपन्न थे। सभी लोगों में परोपकार की भावना अपनी चरम सीमा पर पहुँच गई थी।

अशोक महान के प्रमुख अभिलेखों पर एक दृष्टि

बच्चो, हमारे पूर्वजों ने हमारे मार्गदर्शन के लिए शास्त्रोक्त बहुत-सी बातें लिखी हैं, अशोक महान भी उनमें से एक थे। उनकी शिक्षाओं की अनुकृति आज भी हमें प्राप्त हैं। यहां हम अपने प्रमुख अभिलेखों पर एक दृष्टि डालेंगे।

अशोक के शिलालेख 14 विभिन्न लेखों का समूह हैं, जो आठ भिन्न-भिन्न स्थानों से प्राप्त किए गए हैं। मगध साम्राज्य के प्रतापी मौर्यवंशी शासक अशोक ने अपनी लोक कल्याणकारी राज्य की अवधारणा को प्रजा में प्रसारित करने के लिए 14 स्थलों पर शिलालेख, लघु शिलालेख एवं अन्य अभिलेख उत्कीर्ण करवाया था।

धौली : ओडिशा के पुरी जिले में स्थित इस बृहद शिलालेख में अशोक ने पशु वध और समारोहों पर होने वाले अनावश्यक खर्च की निंदा की है। अशोक महान ने बताया है कि पशुओं की हिंसा नहीं करनी चाहिए, क्योंकि उनमें भी हमारे जैसी ही आत्मा है और कर्म फल के कारण उन्हें ऐसा जीवन मिला है। यह अभिलेख प्रमुख है और लोगों का मार्गदर्शन आज भी करता रहता है।

शाहबाज गढ़ी : पेशावर (पाकिस्तान) में स्थित इस दूसरे शिलालेख में

प्राणिमात्र (पशुओं सहित) के लिए चिकित्सालय खोलने का उल्लेख है। पेयजल और वृक्षारोपण को विशेष प्राथमिकता दी गई है। इसमें अशोक महान ने बताया है कि जैसे चिकित्सा की जरूरत हमें पड़ती है, वैसे ही पशु-पक्षियों को भी होती है। हम तो अपने विवेक से अपना उपचार कर लेते हैं, लेकिन पशु-पक्षी इसमें समर्थ नहीं है, अतः पशु-पक्षियों की सेवा मानव-मात्र को करनी चाहिए और इसी उद्देश्य को ध्यान में रखते हुए उन्होंने पशु-पक्षियों के लिए अस्पताल बनवाए थे।

मान सेहरा : हजारा जिले में स्थित इस तीसरे शिलालेख में धन को सोच समझकर खर्च करने की नसीहत है, साथ ही बड़ों के संग आदरपूर्वक, नम्रतापूर्ण व्यवहार करने का सन्देश है। इसमें बताया गया है कि जैसे आदर सत्कार की अपेक्षा हम दूसरों से अपने लिए करते हैं, वैसा ही व्यवहार हमें दूसरों के साथ करना चाहिए और धन का उपयोग अच्छे कार्यों में करना चाहिए। परोपकार में खर्च किया गया धन सबसे अच्छी बात है।

कालपी : यह वर्तमान उत्तरांचल (देहरादून) में है। इसमें भी परोपकार की कई सुंदर बातें हैं, जिनका अनुकरण करके मानव समाज अपने को धन्य बना सकता है। इस अभिलेख को वेदवाणी के समान आदर दिया गया है।

जौगढ़ : यह ओडिशा के जौगढ़ में स्थित है। इस अभिलेख में बताया गया है कि परोपकार से बढ़कर उत्तम कर्म और कोई नहीं है। मानव को केवल अपनी ही चिंता नहीं करनी चाहिए, वरन संपूर्ण समाज के हित के लिए अच्छे-अच्छे काम करने चाहिए।

सोपरा : यह महराष्ट्र के थाणे जिले में है। इसमें बताया गया है कि मानव को अपनी उन्नति से ही संतुष्ट नहीं रहना चाहिए, वरन सबकी उन्नति में अपनी भलाई और उन्नति ही समझनी चाहिए। इस अभिलेख में और

बहुत सी बातें हैं, लेकिन कई तथ्य समय के अनुसार धुंधले पड़ गए हैं और उनका ह्रास हो गया है।

एरागुडि : आन्ध्र प्रदेश के कुर्नूल जिले में स्थित सातवें शिलालेख में अशोक ने निर्देश दिया है की सभी सम्प्रदायों के लोग सभी स्थानों पर रह सकते हैं। इसमें सह-अस्तित्व की मीठी सुगंध मिलती है। इसमें कहा गया है कि सभी मत और संप्रदाय उस एक ईश्वर की ओर ही ले जाते हैं, जैसे सारी नदियाँ एक समुद्र में मिलती हैं, वैसे ही सारे संप्रदाय अंत में मोक्ष ही प्राप्त करवाते हैं। कोई भी मत सबसे अच्छा या सबसे बुरा नहीं है। सभी अपने आप में अच्छे ही हैं और लोगों की भलाई के लिए संप्रदाय और मत चलाए गए हैं।

गिरनार : यह काठियाबाड़ में जूनागढ़ के पास है। इसमें भी अशोक महान ने बहुत ही महान बातों का उल्लेख किया है। इसमें बताया गया है कि पैदा तो सभी होते हैं और मरते हैं, लेकिन पैदा होना उसका ही सफल है, जो दूसरों के लिए जीता है।

कुछ स्तूप और स्तंभों पर एक दृष्टि

हमारे महान अशोक ने अपनी बात लोगों तक पहुंचाने के लिए अनेक माध्यमों का सहारा लिया। स्तूप और स्तंभों के माध्यम से उन्होंने अपनी बात को सबके लिए प्राप्य बनाया।

ह्वेनत्सांग के अनुसार कपिलवस्तु के दक्षिण 10 मील की दूरी पर वह पवित्र स्थान वर्तमान था, जहाँ (पूर्व बुद्ध) क्रकुच्छन्द (पालि=क्रकुसंध) उत्पन्न हुए थे। यहाँ एक स्तूप विद्यमान था, जहाँ बुद्ध की अस्थियाँ गड़ी हुई थीं। उसी के समक्ष अशोक-निर्मित एक प्रस्तर-स्तम्भ विद्यमान था, जो 30 फीट ऊंचा था। इसके शीर्ष स्थान पर एक सिंह-प्रतिमा निर्मित थी। इस लाट पर बुद्ध के परिनिर्वाण की कथा उत्कीर्ण थी। इस स्थान से लगभग 6 मील उत्तर-पूर्व वह स्थान था, जहाँ कनकमुनि उत्पन्न हुई थे। वहाँ एक स्तूप विद्यमान था, जिसमें कनकमुनि बुद्ध की शेष अस्थियाँ रखी हुई थीं। यहाँ पर भी एक प्रस्तर-स्तम्भ था, जो सिंह शीर्षक था। यह 20 फीट ऊंचा था। इसका निर्माण अशोक ने कराया था। इस पर बुद्ध के परिनिर्वाण का उल्लेख प्राप्य था। सम्राट अशोक द्वारा निर्मित 30 ज्ञात स्तंभों में 5 अशोक स्तम्भ बिहार में, एक कोल्हुआ, एक वैशाली, दो रामपुरवा, पश्चिमी चंपारण, एक लौरिया नंदनगढ़ और एक अशोक स्तम्भ अरेराज पूर्वी चंपारण में स्थित है।

अशोक के धार्मिक प्रचार से कला को बहुत ही प्रोत्साहन मिला।

अपने धर्मलेखों के अंकन के लिए उसने ब्राह्मी और खरोष्ठी दो लिपियों का उपयोग किया और संपूर्ण देश में व्यापक रूप से लेखनकला का प्रचार हुआ। धार्मिक स्थापत्य और मूर्तिकला का अभूतपूर्व विकास अशोक के समय में हुआ। परंपरा के अनुसार उसने तीन वर्ष के अंतर्गत 84,000 स्तूपों का निर्माण कराया। इनमें से ऋषिपत्तन (सारनाथ) में उसके द्वारा निर्मित धर्मराजिका स्तूप का भग्नावशेष अब भी द्रष्टव्य है।

अशोक स्तम्भ वैशाली : वैशाली नगरवधू आम्रपाली के नाम से प्रसिद्ध है, जो महात्मा बुद्ध की शिष्या हो गई थी, उन्होंने बुद्ध के उपदेशों का प्रचार किया और उन्हें ग्रहण किया। अशोक ने भी उन्हीं उपदेशों का बाद में प्रचार-प्रचार किया। बच्चो, यह जीवन क्षणभंगुर है, इसका ज्ञान होना परम आवश्यक है। इस ज्ञान के संबंध में हम आम्रपाली के जीवन की अंतिम घड़ियों का उल्लेख कर रहे हैं, उनके जीवन का अंतिम उपदेश बाद में ऐतिहासिक धरोहर बन गया और कई जगह उत्कीर्ण किया गया।

वह इस प्रकार है : "नहीं जीवक ऐसा नहीं हो सकता," दहाड़ मारकर रो पड़ी थी आम्रपाली बुद्ध के परिनिर्वाण का समाचार सुनकर, "कह दो कि यह सत्य नहीं है।"

"यही शाश्वत सत्य है माताश्री।"

"मुझे उस स्थान की ओर ले चलो जीवक।"

"जो आज्ञा माताश्री।"

जीवक के कंधे पर हाथ रखकर वृद्ध आम्रपाली चल पड़ी थी, भगवान बुद्ध के अंतिम दर्शनों के लिए, "जानते हो जीवक?"

"क्या माताश्री?"

"काले, भौरे के रंग के समान, जिनके अग्र भाग घुंघराले हैं, ऐसे एक समय मेरे बाल थे।"

"जी माताश्री।"

"और वही आज जरावस्था में जीर्ण सन के समान हैं।"

"माताश्री, सत्यवादी के वचन कभी मिथ्या नहीं होते!"

"जीवक, पुष्पाभरणों से गुंथा हुआ मेरा केशपाश कभी हजारा चमेली के पुष्प की सी गंध वहन करता था।"

"जी माताश्री।"

"और उसी में से आज जरावस्था में खरहे के रोओं की सी दुर्गन्ध आती है।"

"तथागत के वचन कभी मिथ्या नहीं होते।"

"कंघी और चिमटियों से सजा हुआ मेरा सुविन्यस्त केशपाश कभी सुन्दर रोपे हुए सघन उपवन के सदृश शोभा पाता था।"

"जी माताश्री!"

"और वही आज जराग्रस्त होकर जहाँ-तहाँ से बाल टूटने के कारण विरल हो गया है।"

"महात्मा बुद्ध के वचन कभी मिथ्या नहीं होते।"

"सोने के गहनों से सुसज्जित, महकती हुई सुगंधियों से सुशोभित, चोटियों से गुंथा हुआ कभी मेरा सिर रहा करता था।"

"जी माताश्री!"

"और वही आज जरावस्था में भग्न और नीचे लटका हुआ है।

"शाक्यमुनि के वचन कभी मिथ्या नहीं होते।"

"चित्रकार के हाथों से कुशलतापूर्वक अंकित की हुई जैसे मेरी दो भौंहें थीं।"

"जी माताश्री!"

"और, वही आज जरा के कारण झुर्रियाँ पड़ कर नीचे लटकी हुई हैं।"

"गौतम ऋषि के वचन कभी मिथ्या नहीं होते।"

"गहरे नीले रंग की दो उज्ज्वल, सुन्दर, मणियों के समान मेरे दो विस्तृत नेत्र थे।"

"और वही आज बुढ़ापे से अभिहत हुए भद्दे और आभाहीन हैं।"

"भगवन् के वचन कभी मिथ्या नहीं होते।"

"उठते हुए यौवन की सुन्दर शिखर के समान वह मेरी कोमल, सुदीर्घ नासिका थी।"

"जी माताश्री!"

"और वही आज जरावस्था में दबकर पिचकी हुई है।"

"बुद्ध के वचन कभी मिथ्या नहीं होते।"

"पूरी कारीगरी के साथ बनाए हुए, सुन्दर, सुगठित कंकण के समान, कभी मेरे कानों के सिरे थे।"

"जी माताश्री!"

"और वही आज जरावस्था में झुर्री पड़कर नीचे लटके हुए हैं।"

"बौद्ध ज्ञानी के वचन कभी मिथ्या नहीं होते।"

"कदली-पुष्प की कली के समान रंगवाले कभी मेरे सुन्दर दांत थे।"

"जी माताश्री!"

"वही आज जरावस्था में खंड़ित होकर जौ के समान पीले रंगवाले हैं।"

"ईश्वर के वचन कभी मिथ्या नहीं होते।"

"वनचारिणी कोकिला की मधुर कूक के समान एक समय मेरी प्यारी मीठी बोली थी।"

"जी माताश्री!"

"और, वही आज जरा के कारण स्खलित और भर्राई हुई है।"

"तथागत के वचन कभी मिथ्या नहीं होते।"

"अच्छी तरह खराद पर रखे हुए, चिकने शंख के समान, एक समय मेरी सुन्दर ग्रीवा थी।"

"जी माताश्री!"

"और वही आज जरावस्था में टूटकर नीचे लटकी हुई है।"

"तथागत के वचन कभी मिथ्या नहीं होते।"

"सुगोल गदा के समान एक समय मेरी दोनों सुन्दर बांहें थीं।"

"जी माताश्री!"

"और वही आज जरावस्था में पाडर वृक्ष की दुर्बल शाखाओं के समान हैं।"

"सत्यवादी के वचन कभी मिथ्या नहीं होते।"

"सुन्दर मुंदरी और स्वर्णालंकारों से विभूषित कभी मेरे हाथ रहते थे।"

"जी माताश्री!"

"और वही आज जरा के कारण गाँठ-गठीले हैं।"

"सत्यवादी के वचन कभी मिथ्या नहीं होते।"

"स्थूल, सुगोल, उन्नत, कभी मेरे उरोज सुशोभित होते थे।"

"जी माताश्री!"

"और वही आज जरावस्था में पानी से रीती लटकी हुई चमड़े की थैली के सदृश हैं।"

"सत्यवादी के वचन कभी मिथ्या नहीं होते।"

"सुन्दर, विशुद्ध, स्वर्ण-फलक के समान कभी मेरा शरीर चमकता था।"

"जी माताश्री!"

"और वही आज जरावस्था में झुर्रियों से भरा हुआ है।"

"सत्यवादी के वचन कभी मिथ्या नहीं होते।"

"हाथी की सूंड के समान कभी मेरे सुन्दर उरु-प्रदेश थे।"

"और, वही आज पोले बांस की नली के समान हो गए हैं।"

"सत्यवादी के वचन कभी मिथ्या नहीं होते।"

"सुन्दर नूपुर और स्वर्णालंकारों से सजी हुई कभी मेरी जंघाएँ रहती थीं।"

"जी माताश्री!"

"और वही आज जरावस्था में तिल के सूखे डंठल के समान हो गईं हैं।"

"सत्यवादी के वचन कभी मिथ्या नहीं होते।"

"सुन्दर, सुकोमल, रुई के फाहे के समान कभी मेरे दोनों पैर थे।"

"जी माताश्री!"

"और वही आज जरावस्था में झुर्रियाँ पड़कर सूखे काठ से हो गए हैं।"

"सत्यवादी के वचन कभी मिथ्या नहीं होते।"

"एक समय यह शरीर ऐसा था, इस समय वह जर्जर और बहुत दुःखों का घर है।"

"जी माताश्री!"

"जीर्ण घर जैसे बिना लिपाई-पुताई के गिर जाता है, उसी प्रकार यह जरा का घर, यह शरीर बिना थोड़ी-सी रखवाली किए गिर जाएगा।"

"जी माताश्री।"

"तथागत के वचन कभी मिथ्या नहीं होते।"

और तभी वह स्थान आ गया था, जहाँ महात्मा बुद्ध हमेशा के लिए चिरनिद्रा में सो गए थे। उनके ऊपर चारों ओर पुष्प बिखरे पड़े थे और आम्रपाली उन पुष्पों को ही उठा-उठाकर तथागत के ऊपर उन्हें पुनःपुनः बिखेरने लगी थी।

फिर उठी और थोड़ी ही दूर वह समाधि लगा गई। भगवान बुद्ध के प्रभाव में आकर आम्रपाली ने समाधि की उच्चतम अवस्था का स्पर्श किया और पूर्णता प्राप्त भिक्षुणियों में वह एक हुई। शील-समाधि और प्रज्ञा के मार्ग पर चलते-चलते आम्रपाली अर्हत पद को प्राप्त हुई। अपने निरंतर जर्जरित होते हुए शरीर में बुद्ध-वचनों की सत्यता को प्रतिफलित होते देख आम्रपाली ने जीवक के साथ तथागत के अंतिम दर्शन करने जाते हुए हमारे लिए जो कुछ उद्‌गार छोड़े, वे अनित्यता की भावना से भरे हुए हैं। इसीलिए तो जीवक ने बार-बार कहा –

"तथागत के वचन कभी मिथ्या नहीं होते।"

आम्रपाली के ये उद्‌गार कभी वैशाली में उत्कीर्ण थे, लेकिन आजकल अप्राप्त हो गए हैं। दरअसल, वैशाली का स्तम्भ अशोक के अन्य दूसरे स्तम्भों से बिलकुल अलग है, क्योंकि स्तम्भ के शीर्ष पर केवल एक ही शेर है और उसका मुंह उत्तर दिशा की ओर है जिस दिशा में तथागत बुद्ध ने अपनी अंतिम यात्रा की थी। यहां से आम्रपाली के उद्‌गार वाला स्तंभ नष्ट हो चुका है। जैन धर्म के प्रवर्तक महावीर स्वामी का जन्म इसी नगरी में हुआ था। अतएव वे लोग इस पुरी को महावीर-जननी कहते थे। वैशाली के नागरिक उनकी मृत्यु तिथि के अवसर पर रात्रि को दीपक जलाते थे। अशोक स्तम्भ वैशाली बिहार राज्य के वैशाली नगर में स्थित है। स्तम्भ के समीप एक बौद्ध मठ भी है। जहां कभी आम्रपाली रही थी।

बुद्ध को यह स्थान बड़ा ही प्रिय था, अतएव बौद्ध लोग इस नगर की गणना अपने धार्मिक तीर्थ के रूप में करने लगे। लगता है कि अशोक बौद्ध तीर्थों का पर्यटन करता हुआ इस नगर में भी आया था। उसने वहाँ एक स्तम्भ खड़ा किया, जिसके शीर्षस्थान पर एक सिंह-प्रतिमा मिलती है। यह लाट चुनार के बालूदार पत्थर की बनी है। चीनी यात्रियों ने भी इस नगर का वर्णन किया है। फाहियान लिखता है कि इसके उत्तर की दिशा में एक उद्यान था, जिसमें एक दुमंजिला भवन बना हुआ था।

लिच्छवियों ने गौतम बुद्ध के विश्राम की सुविधा के लिए इसे बनवा रखा था। उसने इस नगर में तीन स्तूपों के वर्तमान होने का उल्लेख किया है। ये उन स्थानों पर बने हुए थे जो गौतम बुद्ध के जीवन से सम्बन्धित थे। ह्वेनत्सांग लिखता है कि इस नगर के आस-पास की जमीन बहुत ही उपजाऊ थी। उसमें केले, आम तथा तरह-तरह के फल-फूल पैदा होते थे। चीनी यात्री का यह कथन प्रामाणिक है। आज भी मुजफ्फरपुर जिले में, जहाँ वैशाली का नगर स्थित था, लीची, केले और आम की

फसल बहुत अच्छी होती है। ह्वेनत्सांग लिखता है कि लिच्छवी बड़े ही ईमानदार, सुशिक्षित तथा धर्मपरायण थे। अपनी जबान की रक्षा के लिए वे प्राणों की बाजी लगा देते थे। उसने अशोक निर्मित स्तम्भ का उल्लेख भी किया है। उसने भी वहाँ कई स्तूपों के होने का उल्लेख किया है, जिनमें बुद्ध तथा उनके प्रिय शिष्यों की अस्थियाँ गाड़ी गई थीं। जैन धर्म के प्रवर्तक महावीर स्वामी का का बचपन इसी नगरी में बीता, यहीं उनके अंदर ज्ञान का प्रथम अंकुर फूटा। वैशाली के नागरिक उनकी मृत्यु तिथि के अवसर पर रात्रि को दीपक जलाते थे।

अशोक स्तम्भ इलाहाबाद : यह अशोक स्तम्भ उत्तर प्रदेश के इलाहाबाद शहर में स्थित है। इलाहाबाद किले के मुख्य द्वार पर स्थित 10.6 मीटर की ऊंचाई का यह स्तम्भ 232 ई.पू. के समय का है। अशोक स्तम्भ पर तीन शासकों के लेख खुदे हुए हैं। यह पुरातात्विक समय का उत्कृष्ट नमूना है।

भारतीय इतिहास के प्राचीन बौद्ध काल में प्रयाग की महत्ता का प्रमाण अशोक स्तंभ के ऊपर उत्कीर्ण अभिलेखों से भी मिलता है, जो आज भी प्राचीन इलाहाबाद किले के मुख्य द्वार के भीतर सुरक्षित है।

200 ई. में समुद्रगुप्त इसे कौशाम्बी से प्रयाग लाया और उसके दरबारी कवि हरिषेण द्वारा रचित प्रयाग-प्रशस्ति इस पर खुदवाया गया। कालान्तर में 1605 ई. में इस स्तम्भ पर मुगल सम्राट जहाँगीर के तख्त पर बैठने का वाकया भी खुदवाया गया। 1800 ई. में किले की प्राचीर सीधी बनाने हेतु इस स्तम्भ को गिरा दिया गया और 1838 में अंग्रेजों ने इसे पुनः खड़ा किया। यह स्तंभ अपनी आभा नष्ट करता जा रहा है, इसके संरक्षण की सख्त जरूरत है।

अशोक स्तम्भ सारनाथ : अशोक स्तम्भ सारनाथ उत्तर प्रदेश राज्य के

सारनाथ नगर में स्थित है। महान सम्राट अशोक द्वारा 250 ईसा पूर्व में सारनाथ में बनवाया गया। यह स्तम्भ दुनिया भर में प्रसिद्ध है, इसे अशोक स्तम्भ के नाम से भी जाना जाता है। इस स्तम्भ में चार शेर एक दूसरे से पीठ से पीठ सटा कर बैठे हुए हैं। यह स्तम्भ सारनाथ के संग्रहालय में रखा हुआ है। भारत ने इस स्तम्भ को अपने राष्ट्रीय प्रतीक के रूप में अपनाया है तथा स्तम्भ के निचले भाग पर स्थित अशोक चक्र को तिरंगे के मध्य में रखा है।

मुख्य मंदिर से पश्चिम की ओर एक अशोककालीन प्रस्तर-स्तंभ है जिसकी ऊंचाई प्रारंभ में 17.55 मी. (55 फुट) थी। वर्तमान समय में इसकी ऊंचाई केवल 2.03 मीटर (7 फुट 9 इंच) है। स्तंभ का ऊपरी सिरा अब हमारी राष्ट्रीय धरोहर है। नींव में खुदाई करते समय यह पता चला कि इसकी स्थापना 8 फुट गुणा 16 फुट गुणा 18 इंच आकार के बड़े पत्थर के चबूतरे पर हुई थी। इस स्तंभ पर तीन लेख उल्लेखित हैं। पहला लेख अशोक कालीन ब्राह्मी लिपि में है जिसमें सम्राट ने आदेश दिया है कि जो भिक्षु या भिक्षुणी संघ में फूट डालेंगे और संघ की निंदा करेंगे, उन्हें सफेद कपड़े पहनाकर संघ के बाहर निकाल दिया जाएगा। दूसरा लेख कुषाण-काल का है। तीसरा लेख गुप्त काल का है, जिसमें सम्मितीय शाखा के आचार्यों का उल्लेख किया गया है।

अशोक स्तम्भ दिल्ली : दिल्ली में कई जगह अशोक महान की यादें आज भी जिंदा हैं।

फिरोजशाह के कोटले में भी ऐसी ही एक स्मृति आज भी सजीव है। दिल्ली के सुल्तान फिरोजशाह तुगलक (1351-1388) ने 1356 में टोपरा (अम्बाला जिला, हरियाणा) तथा मेरठ से अशोक के दो स्तम्भ बड़ी मेहनत से मंगवाकर दिल्ली में खड़े करवाए थे। ये स्तम्भ कितने परिश्रम और उत्साह से दिल्ली लाए गए थे, इसका विवरण फिरोज के अपने दरबारी

इतिहासकार शम्स-इ-शीराज ने 'तारीख-इ-फिरोजशाह' में दिया है। इनमें से एक स्तम्भ फिरोजशाह के कोटले में और दूसरा 'कुश्क शिकार' (शिकार का महल) के पास खड़ा करवाया गया था।

दिल्ली का यह अशोक स्तम्भ तीन शताब्दी ईसा पूर्व भारतीय उप-महाद्वीप में महान सम्राट अशोक द्वारा बनवाए गए भगवान बुद्ध की शिक्षाओं पर शिलालेखों की एक शृंखला है। 13.1 मीटर लम्बा यह स्तम्भ पोलिश किए हुए बलुआ पत्थर से बना हुआ है, जो तीन शताब्दी ईसा पूर्व का है। यह स्तम्भ फिरोजशाह कोटला, दिल्ली की शान है।

अशोक स्तम्भ बाडा हिन्दूराव अस्पताल : यह स्तम्भ बाडा हिंदूराव अस्पताल और चौबुरजी मस्जिद के बीच स्थित है। यह अपने समय की एक ऐतिहासिक धरोहर है, जिसके संरक्षण की सख्त जरूरत है।

अशोक स्तम्भ चेन्नई : यह अशोक स्तम्भ अशोक नगर चेन्नई में स्थित है। स्तम्भ के शीर्ष पर चार शेर हैं। यह स्तम्भ महान सम्राट अशोक द्वारा तीसरी शताब्दी ईसा पूर्व में साँची में बनवाए गए स्तम्भों से मिलता-जुलता है। यह एक सुंदर स्तंभ है।

अशोक स्तम्भ लुम्बिनी : यह स्तम्भ एक शिलालेख के रूप में है जिस पर लिखा हुआ है कि देवानाम प्रिय राजा अशोक राज्याभिषेक के 20वें वर्ष में भगवान गौतम बुद्ध के जन्म स्थली की राजशाही यात्रा की। अशोक स्तम्भ लुम्बिनी भारत के पड़ोसी राज्य नेपाल में स्थित है। 249 ईसा पूर्व लुम्बिनी सम्राट अशोक महान की यात्रा के दौरान यह एक समृद्ध गाँव था। अपनी यात्रा के दौरान सम्राट अशोक महान ने चार स्तूप और एक स्तम्भ का निर्माण कराया था। जिसके शीर्ष पर एक घोड़ा बना हुआ है। यह स्तम्भ एक शिलालेख के रूप में है इसकी लिखावट अब अस्पष्ट-सी हो गई है, लेकिन सम्राट अशोक की यात्रा का विवरण फिर भी स्पष्ट रूप से पढ़ा जा सकता है। बाद में दोबारा लिखवाए गए तथा सुरक्षा के

लिए पत्थर की रेलिंग भी बनवाई गई। इसका संरक्षण बड़े सुंदर ढंग से किया गया है।

अभिलेखों का निष्कर्ष : अशोक एक महान कल्याणकारी शासक थे। गिरनार अभिलेख के अनुसार उसने पशु-पक्षियों के लिए भी चिकित्सालयों का निर्माण करवाया। अपने पहले शिलालेख में वह कहते हैं कि मैंने पशु बलि पर नियंत्रण स्थापित कर लिया है, निश्चित ही पशुओं और पक्षियों की हत्या पर अंकुश लगा होगा। शान्ति और अहिंसा की नीति के अनुसरण का यह प्राचीनतम उदाहरण मिलता है। प्राचीनकाल में ऐसी सोच किसी और शासक की नहीं हो सकी। अशोक द्वारा दिखाए गए मार्ग पर आज की सरकारें चलने की कोशिश कर रही हैं। भारतीय संविधान में भी अशोक की शिक्षाओं को स्थान दिया गया है तथा सत्यमेव जयते को राष्ट्रीय कथन माना गया है। अशोक द्वारा बताए हुए रास्ते का ही अनुसरण कर महात्मा गांधी ने सत्य व अहिंसा को आजादी की लड़ाई में प्रमुख हथियार बनाया।

13 वें शिलालेख में कलिंग युद्ध का वर्णन है, जिसके बाद अशोक ने युद्धविजय को त्याग कर धम्म विजय की यात्रा शुरू की।

अशोक महान ने केवल मानव मात्र के कल्याण के लिए सोचा बल्कि पशु-पक्षियों के कल्याण के सम्बन्ध में भी सोचा। ऐसा लगता है की अशोक प्रकृति के अधिक निकट था। आज हम केवल मानवाधिकार की बात करते हैं और पशु अधिकारों की नहीं जबकि अशोक ने उस समय ही पशु अधिकारों के सम्बन्ध में कानून का निर्माण किया था। आज अशोक इसलिए महान हैं कि उसने मानव कल्याण के लिए जो कुछ सोचा उस पर पूरे मनोयोग से काम किया।

भारत का राष्ट्रीय आदर्श वाक्य 'सत्यमेव जयते'

बच्चो, आपने रुपए-पैसों पर अशोक चक्र के नीचे 'सत्यमेव जयते' लिखा हुआ पढ़ा ही होगा। अरे यही तो हमारा आदर्श वाक्य और उन्नति का मूल मंत्र है। हम भारतीय सच्चाई में बड़ा विश्वास रखते हैं। चलो तो पहले हम आपको एक कहानी सुनाते हैं कि हम सत्य की जय का उद्घोष क्यों करते हैं –

एक समय की बात है। एक राजा था, विक्रम। उसे हर समय राज्य और लोगों की चिंता रहती थी। हर पल उसे अपनी प्रजा के सुख की भी चिंता रहती थी।

एक दिन विक्रम ने शहर में घोषणा करवाई कि उसके राज्य में अगर किसी व्यापारी का सामान नहीं बिकेगा, तो राज्य उसका सामान खरीद लेगा, ताकि उसके राज्य में सभी के पास धन रहे।

राजा के ऐसा करने से प्रजाजन अति प्रसन्न हुई, क्योंकि अब व्यापारियों का सामान बिकने लगा, लोगों की आमदनी अच्छी होने लगी, लोग खुशहाल होने लगे, चारों तरफ राजा विक्रम की प्रशंसा होने लगी।

धीरे-धीरे ये बातें पड़ोस के राज्यों में फैल गईं, अब वहाँ के व्यापारियों ने भी अपना सामान विक्रम के राज्य में लाकर बेचना शुरू कर दिया, इससे पड़ोस के राज्यों में खलबली मच गई, क्योंकि वहाँ अब सामान की कमी होने लगी थी।

सब पड़ोस के राजाओं ने मिलकर एक सभा बुलवाई और इसे रोकने का उपाय सोचने लगे। इतने में एक ज्योतिषी ने कहा कि वह एक ऐसा दरिद्र देवता बना सकता है, कि वह दरिद्र देवता जहाँ भी रहेगा, वहाँ हमेशा धन का अभाव और दुःख रहेंगे।

फिर क्या था, ज्योतिषी को दरिद्र देवता तैयार करने को कहा। दरिद्र देवता की मूर्ति विक्रम के बाजार में भेजी गई। इधर विक्रम के गुप्तचरों ने दरिद्र देवता वाली बात अपने राजा को आकर बता दी थी और राज्य के सारे विद्वानों ने कह दिया था कि वह दरिद्र देवता किसी भी कीमत पर नहीं खरीदें। पर विक्रम अपने वचन का पक्का था। जब दरिद्र देवता की मूर्ति बाजार में नहीं बिकी, तब विक्रम ने उसे खरीद लिया। पड़ोस के सारे राजा अपनी सफलता पर बहुत खुश हुए। जिस दिन विक्रम के महल में दरिद्र देवता आए, उसी रात विक्रम के पास लक्ष्मी जी आईं और उन्होंने विक्रम को बहुत समझाया कि जहाँ दरिद्र देवता रहते हैं, वहाँ लक्ष्मी रह ही नहीं सकती, इसलिए अगर वह लक्ष्मी जी को अपने पास रखना चाहते हैं, तो उसे दरिद्र देवता को निकालना पड़ेगा।

राजा सत्य को नहीं छोड़ सकता था। वह अपने कहे वचन पर अड़िग रहा और उसने दरिद्र देवता को नहीं निकाला। हार कर लक्ष्मी जी विक्रम को छोड़कर चली गईं। लक्ष्मी जी के छोड़कर चले जाने के बाद विक्रम के पास बल आए, बल ने राजा से कहा कि देखो, जिसके पास लक्ष्मी नहीं होती, वह कोई भी काम करने में असमर्थ होता है, चाहते हुए भी वह दूसरों के लिए कुछ नहीं कर सकता, बड़ा निर्बल हो जाता है, इसलिए लक्ष्मी जी को वापस बुलवाओ, उनके बगैर मैं किसी काम का नहीं, लक्ष्मी जी अगर वापस नहीं आईं तो मैं भी चला जाऊँगा। विक्रम ने बल से भी वही कहा कि वे सत्य को नहीं छोड़ सकते। फिर क्या था बल भी विक्रम को छोड़कर चला गया।

बल के जाते ही विक्रम के पास बुद्धि आई। बुद्धि ने विक्रम को बहुत समझाया कि निर्धन चाहे कितना ही बुद्धिमान क्यों न हो उसकी कोई नहीं सुनता, तुम अपनी बुद्धि का इस्तेमाल करके लक्ष्मी जी को क्यों नहीं रोक रहे, बुद्धिमान व्यक्ति कभी लक्ष्मी को नहीं जाने देता, लक्ष्मी और बल के बगैर मेरी कोई सुनवाई नहीं होगी, अगर लक्ष्मी और बल वापस न आए, तो मेरा रहना बेकार है, मैं भी चली जाऊँगी।

विक्रम ने बुद्धि से भी कहा कि वह वचन से बंधा हुआ है और बुद्धि भी उसे छोड़कर चली गई। बुद्धि के बाद विक्रम के पास धर्म आए। धर्म ने प्यार से विक्रम को समझाने की कोशिश की कि धर्म का बुद्धि के बगैर गुजारा नहीं है, बुद्धिमान ही तो धर्म की बात सोच सकता है। पर विक्रम अपने सत्य पर अटल रहा और धर्म भी विक्रम को छोड़कर चले गए।

धर्म के जाने के बाद विक्रम के पास सत्य आए, उन्होंने विक्रम से कहा, जब उसने लक्ष्मी जी, बल, बुद्धि और धर्म सभी को अपने यहाँ से निकाल दिया तो इन सबके बगैर सत्य का कोई महत्व ही नहीं है, इसलिए वह भी जा रहा है।

विक्रम ने फौरन उठकर सत्य के पाँव पकड़ लिए और उसने सत्य से कहा कि अपने वचन को सत्य रखने के लिए ही तो मैंने इतनी मुसीबतों को लिया है कि लक्ष्मी, बल, बुद्धि और धर्म उसे छोड़ गए हैं। मैंने आपके पीछे ही तो इन सबको छोड़ा है। अब आप मुझे छोड़कर नहीं जा सकते। एक सत्य का साथ देने के लिए ही तो मैं बर्बाद हो गया।

सत्य को विक्रम की बात समझ में आ गई कि यह कहता तो ठीक है, राजा अपने वचन को सच करने में ही तो सब खो बैठा है, अब मैं इसका साथ कैसे छोड़ दूं?

सत्य विक्रम के पास रुक गया।

धर्म तो वहीं रह सकते हैं, जहाँ सत्य रहता है, क्योंकि धर्म की बात

तो वही सोच सकते हैं, जो सत्य के साथ हो। धर्म सत्य के बगैर नहीं रह पाए और वापस राजा के पास आ गए।

धर्म की बात तो वही कर सकता है, जिसके पास बुद्धि हो, मूर्ख लोग तो धर्म की बात सोच ही नहीं सकते, इसलिए बुद्धि भी धर्म के बगैर नहीं रह पाई और विक्रम के पास लौट आई। धर्म, सत्य और बुद्धि को एक साथ देख बल को लगा सत्यवादी, बुद्धिमान और धर्मभीरु आदमी के पास ही तो बल होना चाहिए। मूर्ख आदमी तो बल का दुरुपयोग करते हैं, इसलिए बल को इन तीनों का ही साथ देना चाहिए, यह सोच बल भी राजा के पास लौट आया।

बल के वापस लौटते ही लक्ष्मी जी परेशान हो गईं, उन्हें लगा कि बल के बगैर उनकी रक्षा कौन करेगा, बलवान ही तो लक्ष्मी को संभाल कर रख सकता है, इसलिए लक्ष्मी को भी बल के पास लौटना पड़ा। लक्ष्मी के वापस आते ही राज्य में एक बार फिर खुशहाली लौट आई।

बच्चो, यही सत्य है, जिसे हम स्वीकार करते हैं और सत्य की महिमा को अंगीकार करते हैं।

सत्यमेव जयते भारत का राष्ट्रीय आदर्श वाक्य है, जिसका अर्थ है सत्य की सदैव ही विजय होती है। यह भारत के राष्ट्रीय प्रतीक के नीचे देवनागरी लिपि में अंकित है। सत्यमेव जयते को राष्ट्रपटल पर लाने और उसका प्रचार करने में पंडित मदनमोहन मालवीय की महत्त्वपूर्ण भूमिका रही थी। वेदान्त एवं दर्शन ग्रंथों में जगह-जगह सत् असत् का प्रयोग हुआ है। सत् शब्द उसके लिए प्रयुक्त हुआ है, जो सृष्टि का मूल तत्त्व है, सदा है, जो परिवर्तित नहीं होता, जो निश्चित है। इस सत् तत्त्व को ब्रह्म अथवा परमात्मा कहा गया है।

सम्पूर्ण भारत का आदर्श वाक्य सत्यमेव जयते उत्तर भारतीय राज्य उत्तर प्रदेश के वाराणसी के निकट स्थित सारनाथ में 250 ई. पू. में मौर्य सम्राट अशोक द्वारा बनवाए गए सिंह स्तम्भ के शिखर से लिया गया

है, किंतु इस शिखर में यह आदर्श वाक्य नहीं है। सत्यमेव जयते मूलतः मुण्डकोपनिषद का सर्वज्ञात मंत्र है। मुण्डकोपनिषद के निम्न श्लोक से सत्यमेव जयते लिया गया है :

सत्यमेव जयते नानृतं सत्येन पंथा विततो देवयानः।
येनाक्रमन्त्यृषयो ह्याप्तकामा यत्र सत्सत्यस्य परमं निधानम्।।

प्राचीन भारतीय साहित्य के मुण्डकोपनिषद से लिया गया यह आदर्श सूत्र वाक्य आज भी मानव जगत की सीमा निर्धारित करता है। सत्य की सदैव विजय हो का विपरीत होगा असत्य की पराजय हो। सत्य-असत्य, सभ्यता के आरम्भ से ही धर्म एवं दर्शन के केंद्र बिंदु बने हुए हैं। रामायण में भगवान श्रीराम की लंका के राजा रावण पर विजय को असत्य पर सत्य की विजय बताया गया और प्रतीक स्वरूप आज भी इसे दशहरा पर्व के रूप में सारे भारत में मनाया जाता है तथा रावण का पुतला जलाकर सत्य की विजय का शंखनाद किया जाता है। विश्व प्रसिद्ध महाकाव्य महाभारत में भी एक श्रीकृष्ण के नेतृत्व और पाँच पाण्डवों की सौ कौरवों और अट्ठारह अक्षौहिणी सेना पर विजय को सत्य की असत्य पर विजय बताया गया। कालांतर में वेद और पुराण के विरोधियों ने भी सत्य को पंचशील व पंचमहाव्रत का प्रमुख अंग माना।

गांधीजी सत्य और अहिंसा में बहुत विश्वास रखते थे। उनका कहना था कि सत्य एक बेहद सात्विक, किंतु जटिल शब्द है। ढाई अक्षरों से निर्मित यह शब्द उतना ही सरल है, जितना कि प्यार शब्द, लेकिन इस मार्ग पर चलना उतना ही कठिन है, जितना कि सच्चे प्यार के मार्ग पर चलना।

राष्ट्रपिता महात्मा गांधी, जिन्हें सत्य का सबसे बड़ा व्यवहारवादी उपासक माना जाता है, उन्होंने सत्य को ईश्वर का पर्यायवाची कहा। गांधीजी ने कहा था कि – सत्य ही ईश्वर है एवं ईश्वर ही सत्य है।

यह वाक्य ज्ञान, कर्म एवं भक्ति के योग की त्रिवेणी है। सत्य की अनुभूति अगर ज्ञान योग है, तो इसे वास्तविक जीवन में उतारना कर्मयोग एवं अंततः सत्य रूपी सागर में डूबकर इसका रसास्वादन लेना ही भक्ति योग है। शायद यही कारण है कि लगभग सभी धर्म सत्य को केन्द्र बिन्दु बनाकर ही अपने नैतिक और सामाजिक नियमों को पेश करते हैं।

धर्म का प्रतीक है सत्य : सत्य का विपरीत असत्य है। सत्य अगर धर्म है, तो असत्य अधर्म का प्रतीक है। हिन्दू धर्म के पवित्र ग्रंथ गीता में भगवान श्रीकृष्ण कहते हैं कि जब-जब इस धरा पर अधर्म का अभ्युदय होता है, तब-तब मैं इस धरा पर जन्म लेता हूँ। भारत सरकार के राजकीय चिह्न अशोक चक्र के नीचे लिखा सत्यमेव जयते शासन एवं प्रशासन की शुचिता का प्रतीक है। यह हर भारतीय को अहसास दिलाता है कि सत्य हमारे लिए एक तथ्य नहीं वरन् हमारी संस्कृति का सार है। साहित्य, फिल्म एवं लोक विधाओं में भी अंततः सत्य की विजय का ही उद्घोष होता है। यह सत्यमेव जयते मुण्डकोपनिषद से लिया गया है, अतः जरूरी है कि मुण्डकोपनिषद पर भी चर्चा की जाए –

मुण्डकोपनिषद अथर्ववेद की शौनकीय शाखा से सम्बन्धित है। इसमें अक्षर-ब्रह्म ओम् का विशद विवेचन किया गया है। इसे मन्त्रोपनिषद नाम से भी पुकारा जाता है। इसमें तीन मुण्डक हैं और प्रत्येक मुण्डक के दो-दो खण्ड हैं तथा कुल चौंसठ मन्त्र हैं। मुण्डक का अर्थ है मस्तिष्क को अत्यधिक शक्ति प्रदान करने वाला और उसे अविद्या-रूपी अन्धकार से मुक्त करने वाला। इस उपनिषद में महर्षि अंगिरा ने शौनक को परा-अपरा विद्या का ज्ञान कराया है।

प्रथम मुण्डक : इस मुण्डक में ब्रह्मविद्या, परा-अपरा विद्या तथा ब्रह्म से जगत की उत्पत्ति, यज्ञ और उसके फल, भोगों से विरक्ति तथा ब्रह्मबोध के लिए ब्रह्मनिष्ठ गुरु और अधिकारी शिष्य का उल्लेख किया गया है।

प्रथम खण्ड : इस खण्ड में अंगिरा ऋषि ब्रह्मविद्या की परम्परा का प्रारम्भ में उल्लेख करते हैं। ब्रह्मा सभी देवों में प्रथम देव हैं। उन्होंने अपने ज्येष्ठ पुत्र अथर्वा को ब्रह्मविद्या का उपदेश दिया। अथर्वा ने अंगिरा को, अंगिरा ने सत्यवाह को, सत्यवाह ने अंगिरस को और अंगिरस ने शौनक को यह विद्या प्रदान की।

शौनक सद्गृहस्थ था। उसने महर्षि अंगिरस से जाकर पूछा कि वह कौन है, जिसके जान लेने पर सब कुछ जान लिया जाता है?

परा-अपरा विद्या महर्षि अंगिरस ने शौनक को उपदेश देते हुए परा-अपरा विद्या को जानने का महत्त्व बताया कि इन्हें जानने के बाद किसी अन्य को जानने की आवश्यकता नहीं रहती है। परा यौगिक साधना है और अपरा अध्यात्मिक ज्ञान है। जिस विद्या से अक्षरब्रह्म का ज्ञान होता है, वह परा विद्या है और जिससे ऋग् यजुष, साम, अथर्व, शिक्षा, कल्प, व्याकरण, निरूक्त, छन्द और ज्योतिष का ज्ञान होता है, वह अपरा विद्या है।

परा विद्या में योग-साधना द्वारा मानव अविनाशी परमात्मा तक पहुंचता है और अपरा विद्या द्वारा अध्यात्मिक व आधिभौतिक ज्ञान को शाब्दिक रूप में जाना जाता है। प्रारम्भ में कारणभूत अक्षरब्रह्म ही था, जिसने इस जगत को अपनी इच्छा से उत्पन्न किया। नाना योनियाँ बनाईं, मनुष्य बनाया, उसके कर्म निर्धारित किए, अन्न बनाया, अन्न से प्राणों की प्रतिष्ठा की, प्राणों से मन बनाया, मन से उस परब्रह्म तक पहुंचने की जिज्ञासा उत्पन्न की। जो सर्वज्ञ है, सर्वविद् है, उसका तप भी ज्ञानयुक्त होता है, क्योंकि उसी ने इस चराचर तथा नानारूपणी सृष्टि की रचना की है।

द्वितीय खण्ड : इस खण्ड में यज्ञ, अर्थात् अग्निहोत्र को मान्यता दी गई है। यज्ञ में दो आहुतियाँ देने की उन्होंने बात की है ओम् प्रजापते स्वाहा और ओम् इन्द्राय स्वाहा, अर्थात् समस्त प्रजाओं के परम ऐश्वर्यवान प्रभु के प्रति हम आत्म-समर्पण करते हैं।

महान चैतन्यतत्त्व अग्नि (ब्रह्म), जो हम सभी का उपास्य है, श्रद्धापूर्वक उसे दी गई आहुति अत्यन्त कल्याणकारी होती है। जिस अग्निहोत्र में आत्म-समर्पण की भावना निहित होती है और जो निष्काम भाव से किया जाता है, उससे समस्त लौकिक वासनाओं का नाश हो जाता है और आहुतियाँ प्रदान करने वाला साधक ब्रह्मलोक में आनन्दान परमात्मा का सान्निध्य प्राप्त करता है, परन्तु जो अविद्या-रूपी अन्धकार से ग्रसित होकर कर्मकाण्ड करते हैं, वे मूर्खों की भांति अनेक कष्टों को सहन करते हैं।

जिसने यम-नियमों आदि की साधना से, अपने चित्त को तामसिक व राजसिक वृत्तियों से दूर कर लिया हो, ऐसे ज्ञानवान शिष्य के पास आने पर, गुरु को उसे 'ब्रह्मविद्या' का उपदेश अवश्य देना चाहिए।

द्वितीय मुण्डक : इस मुण्डक में अक्षरब्रह्म की सर्वव्यापकता और उसका समस्त ब्रह्माण्ड के साथ सम्बन्ध स्थापित किया गया है।

प्रथम खण्ड : इस खण्ड में महर्षि ब्रह्म और जगत की सत्यता को प्रकट करते हैं। जैसे प्रदीप्त अग्नि से सहस्रों चिंगारियाँ प्रकट होती हैं और फिर उसी में लीन हो जाती हैं, उसी प्रकार उस 'ब्रह्म' से अनेक प्रकार के भाव प्रकट होते हैं और फिर उसी में लीन हो जाते हैं। वह प्रकाशमान, अमूर्तरूप ब्रह्म भीतर-बाहर सर्वत्र विद्यमान है। वह अजन्मा, प्राण-रहित, मन-रहित एवं उज्ज्वल है और अविनाशी आत्मा से भी उत्कृष्ट है :

दिव्यो ह्यमूर्तः पुरुषः सबाह्याभ्यन्तरो ह्यजः।
अप्राणो ह्यमनाः शुभ्रो ह्यक्षरात्परतः परः।।

वस्तुतः इसी अविनाशी ब्रह्म से प्राण, मन एवं समस्त इन्द्रियाँ उत्पन्न होती हैं। इसी से जल, वायु, अग्नि, आकाश और विश्व को धारण करने वाली पृथिवी उत्पन्न होती है।

आगे के श्लोकों में ऋषिवर उस परब्रह्म का अत्यन्त अलंकारिक वर्णन करते हुए कहते हैं कि अग्नि ब्रह्म का मस्तक है, सूर्य-चन्द्र उसके नेत्र हैं, दिशाएं और वेद-वाणियाँ उसके कान हैं, वायु उसके प्राण हैं, सम्पूर्ण विश्व उसका हृदय है, पृथ्वी उसके पैर हैं। वह ब्रह्म सम्पूर्ण प्राणियों में अन्तरात्मा रूप में प्रतिष्ठित है। अतः यह सारा संसार उस परमपुरुष में ही स्थित है।

द्वितीय खण्ड : यह अक्षरब्रह्म सभी में व्याप्त है और हृदय-रूपी गुफा में स्थित है। यह दिव्य प्रकाश वाला है। यह परमाणुओं और सूक्ष्मतम जीवों से भी सूक्ष्म है। समस्त लोक-लोकान्तर इसमें निवास करते हैं। यह अविनाशी ब्रह्म, जीवन का आधार, वाणी का सार और मानसिक साधना का लक्ष्य है। यह सत्य, अमृत-तुल्य है, परम आनन्द का दाता है। इसे पाना ही मानव-जीवन का लक्ष्य है। यह प्रणव, अर्थात् ओंकार का जाप धनुष है और जीवात्मा तीर है। इस तीर से ही उस लक्ष्य का सन्धान किया जाता है। वह लक्ष्य, जिसे बेधना है, 'ब्रह्म' है। उसका सन्धान पूरी एकाग्रता के साथ किया जाना चाहिए।

इस अखिल ब्रह्माण्ड में सर्वत्र एक वही है। उसी का चेतन स्वरूप अमृत का दिव्य सरोवर, आनन्द की अगणित हिलोरों से युक्त है। जो साधक इस अमृत-सिन्धु में गोता लगाता है, वह निश्चित रूप से अमर हो जाता है।

तृतीय मुण्डक : इस मुण्डक में जीवात्मा और परमात्मा के सम्बन्धों की व्यापक चर्चा की गई है। उनकी उपमा एक ही वृक्ष पर रहने वाले दो पक्षियों से की गई है। यह वृक्ष की शरीर है, जिसमें आत्मा और परमात्मा दोनों निवास करते हैं। एक अपने कर्मों का फल खाता है और दूसरा उसे देखता रहता है।

प्रथम खण्ड : आत्मा और परमात्मा की उपमा वाला यह मन्त्र अत्यन्त प्रसिद्ध है :

द्वा सुपर्णा सयुजा सखाया समानं वृक्षं परिषस्वजाते।
तयोरन्यः पिप्पलं स्वाद्वत्त्यननन्नन्यो अभिचाकशीति॥

अर्थात् साथ-साथ रहने तथा सखा-भाव वाले दो पक्षी एक ही वृक्ष (शरीर) पर रहते हैं। उनमें से एक उस वृक्ष के पिप्पल (कर्मफल) का स्वाद लेता है और दूसरा (परमात्मा) निराहार रहते हुए केवल देखता रहता है।

शरीर में रहने वाला जीवात्मा मोहवश सभी इन्द्रियों का उपभोग करता है, जबकि दूसरा केवल दृष्टा मात्र है। जब साधक उस प्राण-रूप परमात्मा को जान लेता है, तब वह अपनी आत्मा को भी उन सभी मोह-बन्धनों तथा उपभोगों से अलग करके, परमात्मा के साथ ही योग स्थापित करता है और मोक्ष को प्राप्त करता है। सत्य की ही सदा जीत होती है –

सत्यमेव जयते नानृतं सत्येन पन्था विततो देवयानः।
येनाक्रमन्त्यृषयो ह्याप्तकामा यत्रा सत्सत्यस्य परमं निधानम्॥

अर्थात् सत्य की ही विजय होती है, झूठ की नहीं। सत्य से ही देवयान मार्ग परिपूर्ण है। इसके द्वारा ही कामना रहित ऋषिगण उसे (परमपद को) प्राप्त करते हैं, जहां सत्य के श्रेष्ठ भण्डार-रूप परमात्मा का निवास है।

वह ब्रह्म (परमात्मा) अत्यन्त महान है और दिव्य अनुभूतियों वाला है। वह सहज चिन्तन की सीमाओं से परे है। उसके लिए निष्काम और सतत साधना करनी पड़ती है। वह कहीं दूर नहीं, हमारे हृदय में विराजमान है। उसे मन और आत्मा के द्वारा ही पाया जा सकता है। निर्मल अन्तःकरण वाला आत्मज्ञानी उसे जिस लोक और जिस रूप में चाहता है, वह उसी लोक और उसी रूप में उसे प्राप्त हो जाता है।

द्वितीय खण्ड : ब्रह्मज्ञानी होने की इच्छा रखने वाले साधक को सर्वप्रथम अपनी सम्पूर्ण इन्द्रियों का नियन्त्रण करना पड़ता है। इन्द्रिय-निग्रह के उपरान्त उसे अपने सर्वाधिक चलायमान मन को वश में करना पड़ता है। तभी उसे आत्मा का साक्षात्कार होता है। आत्मज्ञान होने के उपरान्त ही साधक ब्रह्मज्ञान के पथ पर अग्रसर होता है।

जब आत्मज्ञानी साधक उस निर्मल और ज्योतिर्मय ब्रह्म के परमधाम को पहचान लेता है, तो उसे उसमें सम्पूर्ण विश्व समाहित होता हुआ दिखाई पड़ने लगता है। निष्काम भाव से परमात्मा की साधना करने वाले विवेकी पुरुष ही इस नश्वर शरीर के बन्धन से मुक्त हो पाते हैं।

आत्मा को न तो प्रवचनों के श्रवण से पाया जा सकता है, न किसी विशेष बुद्धि से। इसका अर्थ यही है कि लौकिक ज्ञान प्राप्त करके, आत्मज्ञान प्राप्त नहीं होता। आत्मज्ञान चेतनायुक्त है। वह साधक की पात्रता देखकर स्वयं ही अपने स्वरूप को प्रकट कर देता है। कामना-रहित, विशुद्ध और सहज अन्तःकरण वाले साधक ही परम शान्त रहते हुए परमात्मा को प्राप्त करने की क्षमता रखते हैं। विवेकी पुरुष उस सर्वव्यापी, सर्वरूप परमेश्वर को सर्वत्र प्राप्त कर उसी में समाहित हो जाते हैं।

जिस प्रकार प्रवहमान नदियाँ अपने नाम-रूप को छोड़कर समुद्र में विलीन हो जाती हैं, वैसे ही ज्ञानी पुरुष नाम-रूप से विमुक्त होकर उस दिव्य परमात्मा में लीन हो जाते हैं। उसे जानने वाला स्वयं ही ब्रह्म-रूप हो जाता है। वह समस्त लौकिक-अलौकिक ग्रन्थियों से मुक्त हो जाता है। उसे अमरत्व प्राप्त हो जाता है।

'सत्य' और सत्य का विश्लेषण

बच्चो, सत्य बड़ा महान शब्द है और इसकी महिमा भी बड़ी ही महान है। 'सत्य' एक बेहद सात्विक पर जटिल शब्द है। ढाई अक्षरों से निर्मित

यह शब्द उतना ही सरल है जितना कि 'प्यार' शब्द, पर इस मार्ग पर चलना उतना ही कठिन है जितना कि सच्चे प्यार के मार्ग पर चलना। राष्ट्रपिता महात्मा गांधी, जिन्हें सत्य का सबसे बड़ा व्यवहारवादी उपासक माना जाता है, ने सत्य को ईश्वर का पर्यायवाची कहा। उनके शब्दों में "सत्य ही ईश्वर है एवं ईश्वर ही सत्य है।" यह वाक्य ज्ञान, कर्म एवं भक्ति योग की त्रिवेणी है। सत्य की अनुभूति अगर ज्ञान योग है, तो इसे वास्तविक जीवन में उतारना कर्मयोग एवं अंततः सत्य रूपी सागर में डूबकर इसका रसास्वादन लेना ही भक्ति योग है। शायद यही कारण है कि लगभग सभी धर्म सत्य को केन्द्र बिन्दु बनाकर ही अपने नैतिक और सामाजिक नियमों को पेश करते हैं।

असत्य सत्य का विपरीत है, इसलिए यह तय है कि इस धरा पर जब-जब असत्य बढ़ता है, तब-तब सत्य के प्रचार-प्रसार के लिए कोई-न-कोई दिव्य आत्मा इस धरा पर अवश्य आती है, ऐसा गीता में श्रीकृष्ण ने भी कहा है। हमारे राजकीय चिह्न अशोक चक्र के नीचे लिखा 'सत्यमेव जयते' शासन एवं प्रशासन की शुचिता का प्रतीक है।

सत्य के विलोम असत्य का सबसे व्यापक रूप आज भ्रष्टाचार है। ऐसा नहीं है कि समाज में पहले भ्रष्टाचार नहीं था। कौटिल्य ने अर्थशास्त्र में 27 प्रकार के भ्रष्टाचारों का उल्लेख किया है। उन्होंने लिखा है कि "जिस प्रकार जिह्वा पर रखे गए शहद का स्वाद न लेना मनुष्य के लिए असम्भव है, उसी प्रकार सरकारी कर्मचारी हेतु राजकोष के एक अंश का भक्षण न करना असम्भव है।" भ्रष्टाचार एक ऐसा विष बेल है, जो समाज में नित्य फैल रहा है। इसे खत्म करने हेतु कड़े-से-कड़े दण्ड अपनाए गए, पर इसका विष और भी गहरा होता गया। यही कारण है कि एक दौर में भ्रष्टाचार को विश्वव्यापी समस्या कहकर इसका सामान्यीकरण करने की कोशिश की गई तो देखते-ही-देखते भ्रष्टाचार को शिष्टाचार का पर्याय

माना जाने लगा। निश्चिततः जब आप किसी व्यक्ति से काम निकलवाने हेतु उसे रिश्वत न देकर उसके जन्म दिन पर एक महंगा और खूबसूरत उपहार प्रदान करते हैं, तो आप अपनी बुरी नीयत को छुपाने का एक शिष्ट तरीका अपना रहे होते हैं।

वस्तुतः भ्रष्टाचार स्वयं व्यवस्था के अन्दर से ही जन्म लेता है। नियमों की जटिलता, न्याय में देरी, जागरूकता का अभाव, शार्टकट तरीकों से लक्ष्य पाने की होड़ और मानव का स्वार्थी स्वभाव ही इसका मूल कारण है। इन सबसे निपटने हेतु स्वतन्त्र न्यायपालिका, स्वतन्त्र प्रेस, लोकायुक्त व लोकपाल संस्था, सतर्कता आयोग, भ्रष्टाचार निरोधक ब्यूरो जैसी संस्थाएँ गठित की गई। वर्तमान में उदारीकरण व्यवस्था के द्वारा लाइसेंस-परमिट राज की समाप्ति, सूचना-तकनीक के बढ़ते दायरे के साथ हर किसी पर मीडिया की नजर, सिटिजन-चार्टर के माध्यम से विभिन्न विभागों द्वारा नागरिकों को जागरूक बनाना, ई-गवर्नेंस के द्वारा प्रशासन में कागजी बोझ कम करके कम्प्यूटराइजेशन द्वारा पारदर्शिता लाना व तत्काल सेवा मुहैया कराना, सिविल सोसायटी द्वारा अपने अधिकारों के प्रति जागरूक होना, सूचना का अधिकार लागू करने व स्टिंग ऑपरेशन जैसे तत्वों के द्वारा भी भ्रष्टाचार पर काबू करने के प्रयास किए गए हैं।

भ्रष्टाचार उस दीमक की तरह है, जो समाज को अन्दर-ही-अन्दर खोखला करता है। यही कारण है कि इसे समाप्त करने हेतु हमें उस मर्म पर चोट करनी होगी, जहाँ से भ्रष्टाचार रूपी गेंद उछलती है, न कि उस जगह जहाँ पर वह गिरती है। भ्रष्टाचार पर अनेकों सेमिनार हुए, बड़े-बड़े पन्ने इसे खत्म करने के दावे से रंगे गए और तमाम जबानी जमा खर्च हुई, पर हम इस तथ्य की अवहेलना कर रहे हैं कि भ्रष्टाचार अन्ततः एक नैतिक एवं वैयक्तिक समस्या है। जब तक हर व्यक्ति स्वयं को इस दोष से मुक्ति दिलाने का प्रयास नहीं करता, तब तक भ्रष्टाचार उन्मूलन एक

नारा मात्र ही रहेगा। भगवान राम अन्त तक रावण के दस सिरों को तीरों से बींधते रहे पर उस पर कोई फर्क नहीं पड़ा, अन्ततः विभीषण के इशारे पर उन्होंने रावण की नाभि पर तीर चलाया और उसे धराशायी करने में सफल रहे। ऐसा ही भ्रष्टाचार के साथ भी है।

भ्रष्टाचार एक सामाजिक समस्या भी है। इससे निजात पाने हेतु जरूरी है कि लोग वैयक्तिक व मानसिक रूप से भ्रष्टाचार से मुक्त हों। गांधी जी ने सत्याग्रह का प्रतिपादन करते हुए कहा था कि इसे पूर्ण रूप में अपनाने हेतु जरूरी है कि सर्वप्रथम मानव अपने दुराग्रहों से मुक्ति पाए एवं तत्पश्चात दूसरों हेतु एक आदर्श उपस्थित कर उन्हें सत्य की राह दिखाए। इस सम्बन्ध में गांधी जी का एक सूत्र वाक्य दृष्टव्य है –

पाप से घृणा करो, पापी से नहीं।
शायद पूर्ण निष्पाप, तुम भी नहीं।।

दर्शन की भाषा में कहें तो हर व्यक्ति ईश्वर का चित् होने के कारण सत् है। उसके दुराग्रह ही उसे बन्धनों में बाँधते हैं। इन बन्धनों से मुक्ति के विभिन्न रास्ते बताए गए हैं, जिसको अपनाने के पश्चात् व्यक्ति मोक्ष की अवस्था को प्राप्त करता है। मोक्ष प्राप्ति के पश्चात् व्यक्ति इस संसार के पुनर्जन्म चक्र से मुक्त हो जाता है।

यह सत्य है कि भ्रष्टाचार की जड़ें समाज में काफी गहरी हैं, पर इतनी भी गहरी नहीं कि कोई चाहकर भी उन्हें नहीं हिला सके। यही कारण है कि भ्रष्टाचार पर पड़ी हर चोट उसे झकझोर कर रख देती है। सत्य भले ही कम चोट करता है, पर जब करता है, तो वह बेहद तीक्ष्ण होती है। जरूरत भ्रष्टाचार को एक लाइलाज रोग मानकर शान्त बैठने की नहीं, वरन् इसे समाप्त करने हेतु प्रयास करने की है। बच्चो, भ्रष्टाचार असत्य के आचरण से ही पनपता है, लेकिन हमें हमेशा सत्य का पक्ष लेना चाहिए और सत्य का ही आचरण करना चाहिए। सत्य के मार्ग में कठिनाइयाँ

आ सकती हैं, लेकिन इसकी राह बड़ी सरल है और सुखदायक है, तभी तो किसी ने कहा है कि

कौन कहता है आसमां में सूराख नहीं हो सकता।
एक पत्थर तो तबीयत से उछालो यारो।।

सत्य का प्रतीक अशोक चक्र

बच्चो! अशोक चक्र सत्य और अहिंसा का प्रतीक है। सम्राट अशोक के बहुत से शिलालेखों पर प्रायः एक चक्र (पहिया) बना हुआ है। इसे अशोक चक्र कहते हैं। यह चक्र धर्मचक्र का प्रतीक है। उदाहरण के लिए सारनाथ स्थित सिंह चतुर्मुख (लॉयन कपिटल) एवं अशोक स्तम्भ पर अशोक चक्र विद्यमान है। भारत के राष्ट्रीय ध्वज में अशोक चक्र को स्थान दिया गया है।

अशोक चक्र में चौबीस तीलियाँ हैं, जो दिन के चौबीस घंटों का प्रतीक है। अशोक चक्र, सम्राट अशोक के बाद अस्तित्व में आया था। चक्र का अर्थ संस्कृत में पहिया होता है। किसी बार-बार दुहराने वाली प्रक्रिया को भी चक्र कहते हैं। चक्र स्वतः परिवर्तित होते रहने वाले समय का प्रतीक है। हिन्दू मान्यताओं के अनुसार संसार को चार युगों से होकर गुजरना पड़ता है जिन्हें सतयुग, त्रेतायुग, द्वापरयुग एवं कलियुग के नाम से जाना जाता है।

राष्ट्रीय पदकों में अशोक चक्र

अशोक चक्र पदक : बच्चो, अशोक चक्र जहाँ सत्य का प्रतीक है, वहीं यह सम्मान का चिह्न भी है। हम आपको बता दें कि अशोक चक्र भारत का शांति के समय का सबसे ऊँचा वीरता का पदक भी है। यह सम्मान सैनिकों और असैनिकों को असाधारण वीरता या प्रकट शूरता या बलिदान के लिए दिया जाता है। यह मरणोपरान्त भी दिया जा सकता है।

बच्चो, सारण के लाल को मिला था प्रथम अशोक चक्र, क्या आप यह बात जानते हैं! यदि नहीं तो हम उनकी गौरवगाथा से आपको अवगत कराते हैं। भारत के प्रथम राष्ट्रपति बनने का गौरव सारण के लाल डॉ. राजेन्द्र प्रसाद को हासिल हुआ था, यह तो सबको मालूम ही होगा, लेकिन देश के प्रथम अशोक चक्र विजेता सारण के ही लाल थे। शायद यह बात ज्यादा लोग नहीं जानते होंगे। खासकर, तेज रफ्तार ज़िंदगी में अपने जड़ों से कटकर इतरा रही आज की युवा पीढ़ी।

बिहार रेजिमेंट में नायाब सूबेदार रहे व सदर प्रखंड के धर्मपुरा गाँव निवासी श्याम बहादुर सिंह भारत के प्रथम अशोक चक्र विजेता थे। देश के विभाजन के बाद पाकिस्तान से ट्रेन से अपने वतन हिन्दुस्तान लौट रहे करीब 12 सौ शरणार्थियों की रक्षा करते हुए नायब सूबेदार श्याम बहादुर सिंह शहीद हो गए थे। आजादी के बाद शहीदों के प्रति कृतज्ञता ज्ञापित करने की जब योजना सरकार ने बनाई, तो श्याम बहादुर सिंह का नाम ही प्रथम अशोक चक्र सम्मान के लिए चयनित किया गया। उनके अदम्य

साहस व बहादुरी के कायल प्रधानमंत्री पंडित जवाहरलाल नेहरु भी थे। पं. जवाहरलाल नेहरु ने शहीद श्याम बहादुर की धर्मपत्नी योगमाया देवी को स्वलिखित पत्र भेजकर अपनी हमदर्दी व संवेदना जताई थी। नेहरु जी ने लिखा था कि 'देश की सेवा में जो यह बलिदान हुआ है उसके लिए देश कृतज्ञ है और हमारी प्रार्थना है कि ईश्वर आपको धीरज और शांति प्रदान करे।' यह पत्र उनके शहादत के प्रति एक बड़े नेता की कृतज्ञता को दर्शाता है। लेकिन इधर एक और कड़वी सच्चाई है कि शहीद का परिवार व गाँव आज भी सरकार की उपेक्षा का शिकार है। प्रशासन का नुमाइंदा तक कभी शहीद के परिजनों से मिलकर उनकी सुध लेना कभी मुनासिब नहीं समझता। गाँव के लोगों ने उनकी स्मारक बनाने की योजना बनाई थी, लेकिन यह भी नहीं हो सका। गाँव में ही सरकारी जमीन पर शहीद स्मारक बनाने की तैयारी भी हो चुकी थी। लेकिन वर्षों बीत जाने के बाद भी इस पर अमल नहीं हो सका है। सबसे दुःखद स्थिति यह है कि गाँव के ही इक्के-दुक्के लोग स्मारक का विरोध करने लगे। अब देखना है कि सरकार कब तक इस पर सुध लेती है और शहीद को उसका सम्मान दे पाती है?

भारत का राष्ट्रीय चिह्न 'अशोक चक्र बुद्ध की जीवन-गाथा से जुड़ा है, इसी से नेहरु जी की वाणी से इस वर्तमान और भविष्य की आस्था और मूल्यों का पता चलता है। सांड 'वृषभ' सिद्धार्थ का जन्म लग्न है। घोड़ा इस घटना की याद दिलाता है कि युवराज सिद्धार्थ घोड़े की पीठ पर बैठकर राजपाट त्याग कपिलवस्तु चले गए थे। अशोक चक्र में 24 तीलियाँ हैं यह बौद्ध जीवन दर्शन की व्याख्या से संबंधित 24 कारणों का सूचक भी है। यह चक्र उस महान सत्य को बतलाता है कि यह देश शाश्वत है और इसकी गति कभी कम नहीं होगी। 'सत्यमेव जयते' यानी केवल सत्य की ही विजय होती है।

अशोक चक्र राष्ट्र चिह्न का प्रयोग केवल राजकीय कार्य के लिए ही हो सकता है। नियमों में व्यवस्था है कि राष्ट्र चिह्न के सिंह शीर्ष का प्रयोग केवल राष्ट्रपति, उपराष्ट्रपति, केन्द्रीय सरकार के मंत्री और उनके मंत्रालय, राज्यपाल, उपराज्यपाल तथा प्रदेशों के मुख्यमंत्री भी इसका प्रयोग कर सकते हैं, परन्तु जनसाधरण के द्वारा और स्थानीय निकायों सहित भारत के उपक्रमों में इसका प्रयोग वर्जित है। राष्ट्रपति और केन्द्रीय मंत्रियों

द्वारा प्रयुक्त यह राष्ट्र चिह्न नीले रंग में मुद्रित होता है। परन्तु ऐसी किसी भी लेखन सामग्री में संबंधित व्यक्ति या पदाधिकारी का नाम नहीं छपा रहना चाहिए, केवल पदनाम छपा रह सकता है। संसद सदस्यों को भी राष्ट्र चिह्न से मुद्रित लेखन सामग्री के प्रयोग की अनुमति है। लोकसभा के सदस्यों को भी यह लेखन सामग्री हरे रंग से मुद्रित मिलती है। जबकि राज्य सभा के सदस्यों को यह लेखन सामग्री लाल रंग से मुद्रित होती है। इस राष्ट्र चिह्न का प्रयोग भारत सरकार के प्रकाशनों में भारत सरकार द्वारा प्रयुक्त क्राकरी और कटलरी, विदेश स्थित भारतीय दूतावासों चतुर्थ श्रेणी की वर्दियों और भारत सरकार के फिल्म प्रभाग द्वारा तैयार वृत्त चित्रों पर भी अशोक चक्र का प्रयोग होता है। राष्ट्र चिह्न का प्रयोग राष्ट्रपति भवन और राज्यों में राजभवनों की कारों में किया जा सकता है, परन्तु मंत्रियों द्वारा इसका प्रयोग अपनी कारों में नहीं किया जा सकता। इसके अतिरिक्त कुछ बहुत महत्वपूर्ण इमारतों जैसे सचिवालय, संसद भवन आदि में भी इसका प्रयोग किया जाता है। अशोक चक्र राष्ट्र चिह्न का गलत प्रयोग करने वालों पर चिह्न और नाम का अनुचित प्रयोग करने पर अधिनियम 1950 के अन्तर्गत कार्यवाही भी हो सकती है। राष्ट्र चिह्न हमारी प्रभुसत्ता का धोतक है। हमें इसका सम्मान करना चाहिए।

अशोक चक्र शांति काल में दिया जाने वाला वीरता सम्मान है। यह युद्ध के अतिरिक्त शौर्य, बहादुरी और बलिदान के लिए दिया जाता है। इस सम्मान का वही महत्व है, जो युद्ध काल में परमवीर चक्र का है। अशोक चक्र गैर युद्ध प्रसंग में वीरता के लिए सैनिकों और आम नागरिकों, सबके लिए है। इस पुरस्कार को श्रेष्ठता के तीन स्तरों पर दिया जाता है। वर्ष 1960 से सेना पदक देने का क्रम शुरू किया गया। यह पदक थलसेना, वायु सेना, नौसेना तीनों के लिए अलग-अलग देना सुनिश्चित किया गया। इस पुरस्कार को देने का निर्णय भी वीरता और विशिष्टता

के आधार पर तय किया गया। यह सम्मान सेना के जवान, आम नागरिक को जीवित या मरणोपरांत दिया जाता है। आजादी के बाद से करीब 40 अशोक चक्र सम्मान दिए गए हैं। इस सम्मान की स्थापना 4 जनवरी 1952 को हुई। तब इसका नाम 'अशोक चक्र, वर्ग-1' था। सन् 1967 में इस सम्मान से वर्ग की शर्त को हटा दिया गया और इसके तीन सम्मान घोषित किए गए। इनका नामकरण 'अशोक चक्र', 'कीर्ति चक्र' और 'शौर्य चक्र' किया गया।

1 फरवरी 1999 से केंद्र सरकार ने अशोक चक्र के लिए 1400 रुपए का मासिक भत्ता निर्धारित किया। अशोक चक्र के आकार की बात करें तो यह 3 गुणा 8 इंच व्यास का सोने का गोल टुकड़ा है। बीच में अशोक चक्र की प्रतिकृति, जो कि कमल की पंखुड़ियों से घिरी रहती है। पदक की परिधि को समेटते हुए अशोक चक्र नाम। दूसरी ओर कमल के फूल की उभरी प्रतिकृति। इसमें लगे रिबन की लंबाई 31 मिलीमीटर, 15 मिलीमीटर चौड़ाई, रंग गहरा हरा, बीच में 2 मिमी की केसरिया पट्टी।

युद्ध के समय दिए जाने वाले सबसे बड़े सैन्य सम्मान में परमवीर चक्र, महावीर चक्र और वीर चक्र भी शामिल हैं। वहीं, शांति काल में इसी श्रेणी के पुरस्कार अशोक चक्र, कीर्ति चक्र और शौर्य चक्र हैं। विशिष्ट सेवा के लिए सेना मेडल, नौसेना मेडल और वायु सेना मेडल प्रदान किया जाता है। इसके अलावा परम विशिष्ट सेवा मेडल और अतिविशिष्ट सेवा मेडल भी प्रदान किया जाता है। बच्चो, तो हमने हमारे राष्ट्रीय प्रतीक अशोक चक्र से आपको अवगत कराया है, अब आपका कर्तव्य है कि आप इसकी सुरक्षा और रक्षा के लिए तन, मन और धन से देश पर बलिदान होने के लिए हमेशा तत्पर रहेंगे, क्योंकि यह आपका कर्तव्य भी है और राष्ट्र धर्म भी।

•••

प्रश्नोत्तरी

1. अशोक चक्र किस स्तंभ से लिया गया है?
   (अ) धारा नगरी से (ब) दिल्ली से
   (स) सारनाथ से (द) कौशांबी से

2. अशोक चक्र किस सम्राट द्वारा बनवाया गया था?
   (अ) अशोक महान (ब) राम
   (स) अर्जुन (द) कृष्ण

3. अशोक चक्र कब अपनाया गया?
   (अ) 15 अगस्त 1947 (ब) 26 जनवरी 1950
   (स) 3 फरवरी 1993 (द) 17 अप्रैल 1993

4. 'सत्यमेव जयते' किस ग्रंथ से लिया गया है?
   (अ) वेद से (ब) पुराण से
   (स) महाभारत से (द) मुण्डकोपनिषद से

5. अशोक कहां का राजा था?
   (अ) प्रतापगढ़ का (ब) भारत का
   (स) बनारस का (द) अयोध्या का

6. सम्राट अशोक के पिता का क्या नाम था ?

(अ) बिंदुसार (ब) काशी

(स) गुणधिप (द) प्रताप

7. अशोक ने किस युद्ध के बाद बौद्ध धर्म अपनाया?

(अ) कलिंग (ब) दक्षिण

(स) पानीपत (द) काशी

8. अशोक ने कितने वर्ष शासन किया?

(अ) 20 वर्ष (ब) 35 वर्ष

(स) 30 वर्ष (द) 40 वर्ष

9. अशोक के ज्येष्ठ भाई का क्या नाम था?

(अ) प्रताप (ब) सुसीम

(स) कर्ण (द) महेन्द

10. अशोक चक्र किसका प्रतीक है?

(अ) ईमानदारी का (ब) अहिंसा का

(स) प्रेम का (द) सत्य का

उत्तर

1. स 2. अ 3. ब 4. द 5. ब 6. अ 7. अ 8. द 9. ब 10. द